HIER

ET AUJOURD'HUI.

TABLE.

C.

HIER

ET AUJOURD'HUI.

SATIRES.

Ne nous flattons donc point, voyons sans indulgence
L'état de notre conscience.

(LA FONTAINE.)

A PARIS,

Chez { DELAUNAY, Libraire, Palais-Royal, galerie de Bois;
LEQUIN, Libraire, rue Saint-Jacques, N°. 41.

DE L'IMPRIMERIE D'ANTH×. BOUCHER,

SUCCESSEUR DE L. G. MICHAUD,

RUE DES BONS-ENFANTS, N°. 34.

M. D. CCC. XIX.

AVANT-PROPOS.

Cᴇs Satires, ou plutôt ces légères esquisses de
mœurs, ont été composées dans une solitude dont
le riant aspect devait adoucir les teintes trop sé-
vères de l'observateur; je crois qu'en essayant de
peindre quelques-uns de nos ridicules et de nos
travers, j'ai eu le bonheur d'éviter les personna-
lités.

Ceux qui ne connaissent nos mœurs villageoises
que par des promenades dans les jardins d'Auteuil,
ou à la vallée de Montmorency, trouveront peut-
être un peu d'exagération dans ʟ'ᴀᴄʜᴀᴛ ᴅᴇ ʟᴀ
ᴛᴇʀʀᴇ; mais un long séjour dans les champs me
donne le droit de dire que je n'ai rien outré. J'ai
peint ce que j'ai vu.

Depuis long-temps, beaucoup d'écrivains ne

croyent pouvoir nous plaire et nous amuser qu'en jetant du ridicule sur tout ce qu'il y a de plus respectable chez les hommes; si je parvenais à produire le même effet avec des moyens contraires, le but que je me suis proposé serait rempli.

HIER

ET AUJOURD'HUI.

~~~~~~~~~~~~~~~~~~~~~~~~~~~~~~~~~~~~~~

A M. D***.

———

LA NOBLESSE.

Quoi! vous aussi, Damon, vous avez la faiblesse
De décrier partout cette pauvre Noblesse!
Sur ce nouveau travers, de grâce, expliquons-nous :
Que vous a-t-elle fait? Que lui reprochez-vous?
De votre ancien seigneur avez-vous à vous plaindre?
Aux respects d'un vassal le voit-on vous contraindre?
Infortuné! jadis on vendit son château;
Et, depuis lors, modeste habitant d'un hameau,
~~~~~~~~~~~~~~~~~~~~~~~~~~~~~~~~~~~~~~

Soumis et résigné dans sa misère extrême,
Il racheta des champs qu'il laboure lui-même.
A l'église avez-vous la douleur de le voir
Parfumé dans son banc de trois coups d'encensoir?
Lui reprocherez-vous d'accaparer les places?
La cour le comble-t-elle et d'honneurs et de grâces?
Il ne peut de son fils faire un sous-lieutenant,
Son ancien fermier commande un régiment.

Vous n'avez point montré la même intolérance (1
Quand les nobles nouveaux ont inondé la France;
Et lorsque chevaliers, comtes, ducs et barons
Poussaient autour de nous comme des champignons.
Puisque le Roi maintient la Noblesse nouvelle,
A l'autre, dites-moi, pourquoi chercher querelle?
De ses droits abolis sottement envieux,
Voudrait-on lui prouver qu'elle n'a point d'aïeux?
Des nobles d'autrefois la part est si modeste!
Hélas! les souvenirs sont tout ce qui leur reste.
De quelques parchemins, brûlés ou vermoulus,
Leur triste vanité ne s'alimente plus;
Des portraits de famille ils n'ont plus la chimère;

Eraste pour dîner a vendu sa grand'mère ;
Forlis de son grand-oncle à regret se défit,
Pour payer son loyer, s'acheter un habit ;
Et Léon, chaque jour, voit, sur le quai Voltaire,
Ses aïeux se morfondre aux bords de la rivière.

Pourtant, que de pamphlets, que d'odieux écrits (2
D'un poison dangereux infectent les esprits !
Et ne dirait-on pas, en lisant ces brochures, (3
De rêves libéraux, plates caricatures,
Que la Noblesse, encore au faîte des grandeurs,
Jouit seule des droits, des titres, des honneurs ?
Que l'homme de mérite, entaché de roture,
Ne saurait s'élever jusqu'à la préfecture ;
Et qu'au retour du Roi, nos vaillants généraux
Prouvèrent six quartiers pour rester maréchaux ?

Ce n'est point à Paris que, discoureur futile, (4
On doit contre le rang répandre ainsi sa bile.
N'y préfère-t-on pas, en dépit des aïeux,
Le bourgeois amusant au vicomte ennuyeux ?
Dans un cercle léger, si la gaîté m'inspire,

Si je raconte bien, va-t-on, avant de rire,
S'informer si j'étais secrétaire du Roi,
Ou si mon bisaïeul périt à Fontenoi?
Tel, qui n'a que son nom y fait triste figure :
L'esprit est le vrai noble, et monsieur Des Masure,
Trouvant chez la duchesse un assez froid accueil,
Y voit un mince auteur choyé dans un fauteuil.

Cependant, cher Damon, que de gens dont la haine,
Sans motif ni pudeur, s'irrite et se déchaîne;
Qui, ne respectant rien dans leurs sombres fureurs,
Outragent notre culte, et nos lois, et nos mœurs!

Contre un clergé sans biens quel noir démon conspire, (5
Et de quatre-vingt-neuf réveille le délire,
Lorsqu'une allusion vient provoquer les cris
D'un essaim de grimauds, dans le parterre assis?
On croirait, à les voir, qu'en sa riche abbaye
Maint prélat mène encore une joyeuse vie;
Et que, dans leur couvent, Carmes et Bernardins
Des clos les plus fameux boivent les meilleurs vins.
N'est-ce pas lâchement battre les gens à terre, (6

Et sans gloire aux vaincus faire une injuste guerre ?

Qui change ainsi les cœurs ? c'est l'immoralité,
La soif de parvenir, surtout la vanité.
La révolution de l'orgueil fut la fille ;
Ne verrons-nous jamais s'éteindre sa famille ?
On crut, en abattant la Noblesse et l'Autel,
Aux abus du pouvoir porter le coup mortel ;
Mais, tandis qu'à Paris on proscrivait les princes,
Nos fiers représentants régnaient dans les provinces.
Ils étaient nos égaux ; pourtant ces bons bourgeois (7
D'un trône renversé s'arrogèrent les droits.
Vous souvient-il, Damon, de leur impertinence,
De leur ton despotique ; et jamais la puissance
Osa-t-elle montrer la morgue et le dédain
De tous ces magistrats tranchant du souverain ?

Sans remonter si loin, parlons du vieux Gernance :
Vous ne vous plaindrez pas au moins de sa naissance ;
Cependant qu'il est vain, sot et présomptueux !
Essayez d'aborder son hôtel fastueux :
Il vous accueillera du haut de son mérite ;

Si la fierté vous choque, abrégez la visite;
Et, des grands airs d'un fat, de son or tout bouffi,
Allez vous consoler chez Brissac ou Coigny.

C'est là que, pardonnant ses noms à la Noblesse,
Vous trouverez les mœurs, la franche politesse,
Les grâces du bon ton, la vertu sans fierté,
Et la grandeur unie à la simplicité.

On sut dans tous les temps apprécier la gloire
Des noms chers à l'honneur, et légués par l'histoire;
Et celui de Moreau, par ses exploits fameux, (8
Sera le juste orgueil de ses petits-neveux.

Les nobles, me diront leurs fougueux adversaires,
Veulent porter atteinte au siècle des lumières;
Le reproche est injuste : eh ! dans tous les instants,
Nous n'en vîmes que trop marcher avec le temps !
Lorsqu'un ambitieux tyrannisait la France,
N'ont-ils point, comme vous, adoré sa puissance !
Quand il forma sa cour, vers lui prompts à courir,
Ne briguèrent-ils pas l'honneur de le servir !

ET AUJOURD'HUI.

Clitandre, décoré d'une clef qui le flatte,
Endosse avec transport sa livrée écarlate;
Damis est écuyer; Dorimon, vrai marquis,
Est commis à cheval dans les droits-réunis.
Au repos de l'État chacun se sacrifie:
N'est-ce pas là vraiment de la philosophie!
D'autres, au champ d'honneur intrépides guerriers,
D'Iéna, de Fridland vont cueillir les lauriers:
Dans le commerce enfin cherchant une ressource,
Comme le lord anglais, Léandre suit la bourse;
Et gagne, dans dix ans, beaucoup plus qu'autrefois
Ses illustres aïeux n'ont gagné sous dix rois.

Qu'au retour de Louis, rouillé dans sa campagne (9
Un Géronte ait bâti des châteaux en Espagne;
Et que son cœur, en proie à de vieux souvenirs,
Ait conçu vaguement de gothiques desirs,
Ce sont de légers torts qu'on passe à la vieillesse;
N'en faisons point un crime à toute la Noblesse.
J'entendis de sang-froid Dorval, le commandeur,
Dans ces premiers moments me dire avec chaleur:
« Enfin, Monsieur, voici l'époque desirée

» Où notre parlement va faire sa rentrée ;

» Et j'espère que, grâce à de nouveaux destins,

» Je verrai revenir jusqu'à nos capucins.

» De mon étang la digue est loin d'être achevée ;

» Mais, pour la rétablir, j'attendrai la corvée. »

Eh bien! à ses dépens le salon s'égayait ;

Son neveu, dans un coin, lui-même en souriait ;

Et, sans ménagement, le duc et la comtesse

Des rêves de Dorval blâmaient la sotte ivresse.

Vous le dirai-je, enfin? cédez à la raison ;

Et, quittant un dépit qui n'est plus de saison,

Écoutez l'écrivain, dont la plume immortelle

Nous prouve * qu'en vertu de la Charte nouvelle,

Il est une noblesse, et plus de roturier :

C'est dans ce mot profond qu'est empreint tout entier

L'esprit de notre siècle ; et désormais, en France,

Qui pourrait s'offusquer des droits de la naissance,

Lorsque les citoyens, les princes et le Roi

Sont tous également les sujets de la loi?

---

* M. de Chateaubriand, dans la *Monarchie selon la Charte.*

Ainsi, moins ombrageux, et d'humeur plus facile,

Laissez chacun descendre, ou d'Hector ou d'Achille;

Un père respectable, au défaut des aïeux,

Vous légua beaucoup d'or : cela vaut un peu mieux.

Combien de ducs, jaloux d'un aussi doux partage,

Vous céderaient du nom le frivole avantage !

Des sots propos du jour à jamais dégoûté,

Ouvrez votre maison aux arts, à la gaîté ;

Qu'elle soit des plaisirs le rendez-vous aimable;

Faites si bien qu'autour d'une excellente table,

Les ministériels et l'opposition

Montrent tous au dessert la même opinion;

Faites trinquer ensemble, avec vos vins d'Espagne,

Les héros vendéens et ceux de l'Allemagne;

Qu'on trouve enfin, chez vous, s'ils ont tous deux bon ton,

Le marquis d'autrefois et le nouveau baron.

~~~~~~

L'AUDIENCE.

Sı vous m'aimez, laissez-moi dans mes champs,
  Laissez-moi dans l'humble chaumière
  Où je viens guetter le printemps;
Je ne suis point réduit, dans ce lieu solitaire,
  A courtiser un pédant magistrat,
    Qui, grâce aux troubles de l'État,
    Escaladant le ministère,
N'y brilla qu'un instant d'un pâle et faux éclat.

    Comment Homère, et Virgile, et le Dante,
      Sublimes peintres des Enfers,
      Et de leurs supplices divers,
N'ajoutèrent-ils point, à leur liste effrayante,
  Les noirs dégoûts, les amères douleurs (1
      Des malheureux solliciteurs,
Lorsque, dans les tourments d'une trompeuse attente,
~~~~~~

Des ministres ils vont essuyer les hauteurs?

Je crois que chez Pluton, où leur espèce abonde, (a

    Ceux-ci seront forcés un jour

    De solliciter, à leur tour,

Tous ceux qu'ils ont jadis mal reçus dans ce monde.

    A dire vrai, mes chers amis,

    Je la connais cette horrible torture;

    Je n'en suis pas encore bien remis;

    Ainsi je vais peindre d'après nature.

    A ce ministre déplaisant

    Demanderai-je une audience?

Par ce doute déjà mon supplice commence;

    Mais le desir d'un juste avancement

    Triomphant de ma répugnance,

Je lance enfin ma lettre à l'Excellence.

    Un mois se passe, et fort galment

    D'être reçu je perdais l'espérance,

A mon ambition enfin je renonçais,

Quand, d'une femme aimable, à mes vœux moins rebelle,

Je reçois un billet pour la pièce nouvelle
        Qui, le soir, se joue aux Français :
    A ce plaisir déjà je souriais ;
        Mais je vois un timbre sinistre ; (3
        C'est l'audience du ministre :
        Adieu la pièce et mes projets !
        Ah ! quel échange je vais faire !
        Au lieu des plus jolis minois,
Des ris, de la gaîté, de la grâce légère,
    Je vais chercher un visage sévère,
        Un accueil sec, et des airs froids.

Mais que sera-ce donc quand, d'une faible voix,
    Je risquerai ma timide prière ?
        On me trouvera téméraire ;
J'arrive sans faveur, et je n'ai que des droits.
        Enfin, je quitte ma demeure,
    Et me voilà dans un fiacre roulant,
        Pour aller ennuyeusement
        Chercher un très mauvais quart-d'heure.
Je débarque, et je prends mon tour en soupirant.
        Mais que de monde me sépare

Des courts instants qui me sont dévolus !
Il faut attendre, et soixante refus
Vont devancer celui qu'Oronte me prépare.

Enfin , je touche au bienheureux instant ;
L'huissier, pour m'annoncer, prend un air important :
        Me voilà devant l'Excellence.
        Sous un masque de confiance
        Je déguise mon embarras,
        Et je donne à ma contenance
Le vernis d'un respect que je n'éprouve pas.
    A peine avais-je entamé ma préface,
Qu'impitoyablement coupant ma phrase en deux,
    Il me répond, avec cet air qui glace,
    Que j'ai formé de chimériques vœux.
—Mais, Monseigneur.—Je sais ce que vous allez dire.
—Permettez que...—J'entends, vous m'avez fait écrire...
—Non, Monseigneur.—Soyons de bonne foi !
Qui n'a pas beaucoup fait pour la cause du Roi !
—Monseigneur, permettez qu'ici je vous expose.
—Sans doute, mais cela ne fait rien à la chose.
D'ailleurs, n'avez-vous pas de nombreux concurrents ;

Et votre tour, autant que je puis croire,

N'arrivera que dans quatre ou cinq ans.

    —De cette attente dérisoire.....

—Quand nous en serons là, comptez sur mon crédit;

    Et rafraîchissez ma mémoire

    De tout ce que vous m'avez dit.

Après ces mots, brusquement il me laisse.

Par ce puissant d'un jour frappé d'ajournement,

    Je descendais l'escalier lentement, (4

    Et me disais avec tristesse:

Si des premiers, au chemin de l'honneur,

    J'ai hasardé mon repos et ma vie;

Si mon ame, bravant un système oppresseur,

    N'attendit point, par la peur asservie,

    La chute de l'usurpateur

    Pour signaler sa tyrannie;

Si la B**** a retenti souvent

    De mon zèle et de mon courage;

Si, des Bourbons serviteur vigilant,

De mon amour pour eux j'ai donné plus d'un gage,

Quelle est de mes travaux et de mon dévoûment,

   Hélas! la triste récompense!

   Je perds donc, en un seul moment,

Jusques à la douceur d'une vague espérance.

   C'est vainement que mes amis

   M'avaient bercé de la faveur du Prince;

On m'estime, on me prône, on me fête en province,

   Et l'on me rebute à Paris.

Grâce au ciel, j'en suis loin! Bocages de Perreuse.

   Recevez-moi dans vos asiles frais!

Je viens vous demander le silence et la paix,

Cette obscurité douce, objet de mes souhaits,

Dont s'abrite la vie, et qui la rend heureuse.

Sans peine je renonce à ces honteux bienfaits,

Qu'acheterait trop cher une ame noble et pure;

Je ne veux que les tiens, généreuse nature:

Tu reconnais au moins ce que l'on fait pour toi;

   De tes dons comble sans mesure

Un sujet égaré, qui revient sous ta loi.

Déjà de mes guérets j'admire la verdure;

Sous le poids des moissons fais gémir mes greniers!

Occupe-toi surtout de mes celliers,

    Dont le vide me désespère!

    Hélas! lorsque l'Europe entière

    Renversait, d'un trône éphémère,

    Son superbe dominateur,

J'avais un bon caveau; mais j'eus le triste honneur

    De rafraîchir la Saxe et la Bavière :

    Trois mois entiers, dans mes foyers chanceux

      Les Allemands firent bombance;

      Et, par une injuste vengeance,

      Malgré moi, je payai pour ceux

      Qui, trop long-temps, burent chez eux.

De grâce, fais briller au-dessus de nos têtes

    La plus vineuse des comètes!

Pour mettre à la raison ce dieu capricieux, (5

    Depuis six ans sourd à nos vœux,

Après tant de malheurs donne-nous l'abondance!

    Que la quantité de nos vins

    Égale au moins celle de nos chagrins!

Mais tu mettras le comble à ta munificence,

Si tu fais que les miens soient assez capiteux,

Pour m'ôter à jamais le souvenir fâcheux

Du ci-devant ministre et de son audience.

L'ÉGOÏSTE DU CAFÉ TORTONI.

Parmi les amateurs du Café Tortoni,
        Remarquez ce froid personnage, (1
        Porteur d'un assez beau visage,
    Par la toilette et les soins rajeuni ;
De ses jours les plaisirs semblent filer la trame ;
    Rien ne l'émeut, rien ne peut l'affliger ;
Aucun événement ne saurait déranger
Le parfait équilibre où repose son ame,
        Ni celui de son embonpoint,
        Qui toujours reste au même point.
        Il voit, avec indifférence,
        Nos honorables députés,
        Se divisant en trois côtés,
Plaider de trois façons le bonheur de la France.
        Capitaliste très prudent,
Sur première hypothèque il place son argent ;

Jamais l'amour ne fit couler ses larmes;

Et de l'hymen, dont les augustes nœuds,

A Paris, chaque jour, deviennent plus chanceux,

Il ne connaît point les alarmes.

Redoutant l'amitié, si fragile aujourd'hui,

Il n'a qu'un ami dans le monde:

Et savez-vous qui c'est?.. c'est lui.

Sur son intérêt seul tout son bonheur se fonde,

Et ne se mêle point aux intérêts d'autrui.

Le fameux bulletin, qui consterna la France,

Ne changea rien à son humeur,

Et, le jour de la déchéance,

Son teint conserva sa fraîcheur.

Quand, par les horreurs de la guerre,

De toutes parts nous étions investis,

Que le terrible Mars, près des murs de Paris,

Faisait retentir son tonnerre,

Chez Tortoni, sans s'émouvoir,

Lui, peu touché des maux de la patrie,

Nonchalamment, près du comptoir,

Débitait des douceurs à l'aimable Euphrasie.

~~~~~~

LE DÉPUTÉ DE L'AN 1813.

Heureux temps du défunt empire,
Où quatre cents législateurs,
Bien brodés, bien gorgés de dîners et d'honneurs,
Jamais, en fait de loi, n'avaient le mot à dire:
Pour le chef de l'État ce corps très complaisant
De se taire avait pris la constante habitude;
Car le caissier payait avec exactitude.
Un conseiller-d'état, plus verbeux qu'éloquent,
Proposait-il, d'un air tranchant,
De prétendus projets, toujours obligatoires?
A peine voyait-on quatre ou cinq boules noires (1
Altérer la blancheur d'un vote obéissant.

Mais, un peu moins muet, monsieur le président (2
Parlait dans certain cas urgent.
Cette prérogative immense
~~~~~~

Roulait sur douze à quinze mots,

Dont il se servait à propos,

Et jamais avec imprudence.

Je veux, à ce sujet, peindre, tant bien que mal,

Un homme très original,

Dont les hauts faits à ma mémoire

Viennent s'offrir ; voici l'histoire :

Dans un de nos départements

Sont les Godard, suppôts de l'avocasserie,

Famille de Barthole et de Cujas nourrie,

Qui se perd dans la nuit des temps.

Chez ces messieurs, d'humeur loquace,

De père en fils on s'en va bavardant,

Causant, dissertant et plaidant,

Depuis le premier roi de la troisième race.

Le Godard de nos jours, encore plus verbeux

Que les avocats ses aïeux,

Accabla tellement de son affreux parlage

Et ses juges et ses clients,

Et ses amis et ses parents,

Que, pour le corriger, on mit tout en usage,

Après bien des expédients,
On s'y prit, pour le faire taire,
D'une façon très singulière.
Maître Godard, à l'unanimité,
Par son pays fut nommé député.

A l'auguste cérémonie, (3
Où le chef de l'État installait sèchement
Son taciturne parlement,
Notre avocat, chose inouïe,
Pour se faire connaître avantageusement,
D'un pathos ridicule allongea son serment;
Ce qui donna la comédie.

On vient le lendemain proposer une loi
Au nom de l'Empereur et Roi.
Déjà notre bavard oublie (4
Que le corps dont il fait partie,
Par un héros très obstiné,
Au silence était condamné.

Dès que du conseiller la harangue est finie,
Et que de la tribune il le voit descendu,

Plus prompt que l'éclair, il s'élance ;
Le voilà parlant d'abondance ;
Ce qui ne s'était jamais vu.

Secrétaires, huissiers, président et sonnette,
    Rien ne l'émeut, rien ne l'arrête ;
Chaque législateur demeure confondu ,
    Croit du château la foudre toute prête
        A fondre sur sa tête,
    Et voit son traitement perdu.
Pour cette fois on usa d'indulgence ;
A l'ordre il fut rappelé simplement ;
Et, d'un ton pénétré, monsieur le président
    Lui reprocha sa lourde inconséquence.

    Lorsqu'un de nos législateurs
De l'implacable faux éprouvait les rigueurs,
    Napoléon, par pure complaisance,
    Tolérait, qu'en pleine séance,
Sur la tombe du mort on jetât quelques fleurs,
Mais en fort peu de mots ; et ce funèbre hommage
Devait se terminer à la seconde page ;

Un sanglot de plus eût été
Par le gouvernement fort mal interprété.
Un ami de Godard, comme lui député,
　　Tombe malade : on tremble pour sa vie.
　　　Purgon, de son aigre fausset,
　　　Déclarait, avec brusquerie,
Que, dans une heure au plus, le mourant passerait.
　　　Godard, à ce sinistre arrêt,
Se dit : Il faut, du moins, à l'amitié fidelle,
Porter à nos messieurs cette triste nouvelle,
Et m'acquitter ce soir d'un devoir douloureux.
Il monte à la tribune ; et là, d'un ton tragique,
　　　Il commence, en termes pompeux,
　　　Son précoce panégyrique.
Mais un membre survient, qui soudain l'interrompt :
Le zèle de Monsieur, dit-il, est un peu prompt ;
Le collègue, honoré du tribut de ses larmes,
A, d'une crise heureuse, éprouvé les effets ;
　　　N'en soyez donc point inquiets ;
Car son état ne donne plus d'alarmes.
　　On sent qu'un rire universel
Accompagna l'orateur à sa place.

Moi, qui suis moins bavard, au lecteur je fais grâce
Des dégoûts qu'essuya ce parleur éternel ;
  Son désappointement fut tel,
Qu'attaqué de marasme et de mélancolie,
  Godard, pour dernière folie,
  Trouvant sa place et Paris odieux,
Au Corps-Législatif fit de brusques adieux,
Aimant mieux et parler, et plaider en province,
Que d'être un des muets à la solde du prince.
Sa femme, à son retour, en termes véhéments,
  Lui reprocha ce bizarre caprice.
—Passe pour les honneurs, mais les dix mille francs !
—Je ne fais pas un bien grand sacrifice,
Lui répond son mari : crois-tu de bonne foi
  Qu'un souverain, dont l'étrange manie
Est de fermer la bouche à des gens tels que moi,
Puisse se soutenir ? C'en est fait, mon amie,
Nous touchons à la fin de cette tragédie.—
  Notre homme avait peu de génie ;
  Pourtant le pronostic fut bon ;
  Et, par une grâce inouïe,
Le Destin décida qu'une fois en sa vie
  Maître Godard aurait raison.

L'ACHAT DUNE TERRE EN 1814.

Vous êtes à Paris, la chose est surprenante!
Ce pays, disiez-vous, n'a plus rien qui me tente;
Dans les champs désormais je fixe mon séjour,
Et déjà de vos champs vous voici de retour!
Ne puis-je présumer qu'un peu d'inconséquence?
—M'allez-vous brusquement juger sur l'apparence?
Pourquoi tant se presser d'accuser ses amis,
Sans savoir à quels maux le ciel les a soumis?
Écoutez-moi, de grâce! et bientôt, je vous jure,
Vous prendrez quelque part à ma mésaventure.
Vous le savez, mon cher, j'ai long-temps hésité
A courir les hasards de la propriété:
Même sous ce héros, si puissant par la guerre,
J'eus quelque répugnance à l'achat d'une terre;
Voyant, sur son théâtre, à si grands frais monté,
Beaucoup plus d'appareil que de solidité.

Quoiqu'amoureux des champs, j'ajournai ma chimère,

Et je laissai mes sacs s'enfler chez le notaire;

Satisfaisant mes goûts sur les terres d'autrui,

Ainsi qu'en fait d'amour on en use aujourd'hui.

J'attendais que le ciel, comblant notre espérance,

Rendît enfin la paix à cette pauvre France;

Mais, sitôt que le Roi fut rentré dans Paris,

Par un beau jour de mai, je vole chez Damis.

—Je desire, lui dis-je, une maison jolie,

Bien moins un grand château qu'un casin d'Italie;

Donnez-y tous vos soins, vous connaissez mes goûts;

Le contrat dans huit jours, où je romps avec vous. —

Damis fut diligent; et, charmé de me plaire,

Il vient en s'écriant : — Monsieur, j'ai votre affaire :

Du vin délicieux, un riche et beau pays,

Des hommes excellents : c'est un vrai paradis.

—Vous m'enchantez! allons, ce soir la signature,

Cette nuit les paquets, et demain en voiture. —

Gaîment, au point du jour, en effet, je partis :

Trois chevaux m'entraînaient loin des murs de Paris;

Le guide, pour me plaire, excitait leur vitesse;

Mon cher, rien ne saurait vous peindre mon ivresse.
J'allais enfin trouver, sous un toit protecteur,
Tous les loisirs que j'aime, et le calme du cœur;
Mais au déclin du jour, jeté dans la traverse,
En un bourbier profond le postillon me verse.
Tandis qu'on relevait mon char endommagé,
Dieu! quels chemins! disais-je, un peu découragé.
Quand, tristement voués aux horreurs de la guerre,
Nous armions tant de bras pour ravager la terre,
Ne s'en trouve-t-il plus pour d'utiles travaux?
C'est par eux qu'il est doux d'honorer son repos:
Le mal seul est actif; quant au bien, il sommeille;
Messieurs les magistrats, faites qu'il se réveille!

Consolé de ma chute, enfin j'arrive: eh quoi!
Ces beaux jardins, ces eaux, ces forêts sont à moi!
Je foule avec transport l'herbe de ma prairie!
J'aime fort la maison; la fermière est jolie,
Le site est enchanteur, et je bénis Damis
Quand je trouve en ces lieux tout ce qu'il m'a promis.

Sous ces voiles du soir que la nature est belle!

Mais l'aurore lui prête une grâce nouvelle :
De mon petit manoir, dont je suis enivré,
Je m'arrache avec peine, et veux voir mon curé :
Je cherche vainement ; la viorne et le lierre
Se disputent déjà les toits du presbytère ;
Déjà l'église tombe, et la maison de Dieu (1
N'est plus le rendez-vous des habitants du lieu.
Mon cœur, à cet aspect, se serre de tristesse ;
J'interroge, et l'un d'eux me dit avec rudesse :
—Depuis plus de quinze ans j'vivons ben sans pasteur ; (2
Et j'ons pris not' parti, c'est peut-être un bonheur. —
Qu'a-t-il dit ? Malheureux ! Sait-il que ce langage,
Imprudent à la ville, est un crime au village ?
Tant de *philosophie* a droit de m'affliger,
Quand je songe aux périls d'un troupeau sans berger.
Mais, de chacun bientôt visitant la chaumière,
Je veux des villageois sonder le caractère :
Je porte au milieu d'eux un coup-d'œil pénétrant,
Et ce coup-d'œil détruit tout mon enchantement.

L'un, dont l'impunité vint couronner le crime,
Déplore le retour d'un pouvoir légitime ;

L'autre maudit la paix, et regrette le temps
Où contre des écus il troquait ses enfants ;
Celui-ci, de chagrins abreuve son vieux père ; (3
Et, d'un œil satisfait, celui-là vit naguère
Un de ses fils traîné parmi les jeunes gens
Que la gendarmerie entassait dans nos camps ;
Malheureux qui, chassé de sa triste patrie,
A la suite d'un fou, va geler en Russie ;
Et bientôt, prisonnier dans le fond des déserts,
Y maudit le héros qui pèse à l'univers.

Pourrai-je, sans frémir, vous raconter la scène
Dont m'a rendu témoin sa famille inhumaine ?
On s'arrangeait déjà pour ne plus le revoir ;
Déjà de son trépas on caressait l'espoir,
Quand ce grand souverain, dont le siècle s'honore, (4
Que la France révère et que son peuple adore,
Par un don sans exemple illustre ses lauriers ;
Et généreusement nous rend tous nos guerriers.
Grâce à l'ordre émané de ce dieu tutélaire,
Un soir notre captif, au foyer de son père,
Comme une ombre apparaît ; de tendresse éperdu,

Il saute au cou des siens ce fils qu'on croit perdu:
Chacun, à son aspect, garde un morne silence;
On l'évite, on le fuit; et sa brusque présence,
Du frère et de la sœur trompant les intérêts,
Empoisonne leurs cœurs de sordides regrets.
Quoi! ce sont là les gens dont messieurs les poètes (5
Nous ont chanté les mœurs et les vertus parfaites?
Où retrouver Colas, qui, sur la fin du jour,
Aux charmes du repos mêlait un peu d'amour?
Et ce bon Mathurin dont l'ame, simple et pure,
Se peignait à grands traits sur sa large figure?
Dans ces champs si vantés à présent je ne vois
Que rusés laboureurs, et que bergers sournois;
Dans ces cœurs corrompus je ne vois qu'artifice:
Enfin, le croiriez-vous? je prends à mon service
Une rosière enceinte, un jardinier fripon;
Et deux fois dans le mois je change ma maison.
J'ai bien payé ma terre, et n'y suis point le maître.
Ici je vois mes choux, là, mes fruits disparaître;
L'un chasse dans mes prés; l'autre, dans son réduit,
Voiture mes fagots durant toute la nuit;
Et Bernard, mon voisin, connu par sa malice,

Pour un vol qu'il m'a fait me traduit en justice.

Voilà donc les douceurs de la propriété!
D'une ou d'autre façon chaque jour tourmenté;
A la fin je me lasse, et je cours chez le maire,
Contre tous ces abus magistrat peu sévère,
D'ailleurs bon maréchal, qui, dans un cas urgent,
Peut écrire son nom assez lisiblement.
Le cyclope titré craint de se compromettre, (6
Et brusquement m'envoie à son garde-champêtre,
Garde fort équivoque, et breveté voleur ;
Le drôle, en m'écoutant, prend un air ricaneur :
Que fera-t-il pour moi? Cousin de tout le monde,
Sur les traces d'un lièvre il fait gaîment sa ronde;
Et, plein d'un grand mépris pour le Code rural,
Il ne dressa jamais un seul procès-verbal.

De ces dégoûts fréquents je cherche à me distraire;
Je vois, grâce à mes soins, ma vigne qui prospère :
Ses vins ont du renom; déjà mon tonnelier
A garni de bons fûts ma cave et mon cellier:
Mais Bacchus se dédit; et, dans toute ma terre,

Je ne vendange point de quoi remplir mon verre;
Pourtant, mes vignerons viennent le lendemain,
Je les paye à regret, et j'achète du vin.

Monsieur le percepteur, pour comble de misère,
Me présente avec grâce une cote arbitraire
Et, fort de ma paresse à discuter mes droits,
Le mielleux financier me fait payer deux fois.

Bientôt je vois jaunir et tomber le feuillage :
Hélas! qu'est devenu ce frais et doux ombrage
A qui j'allais souvent, et les jours et les nuits,
Demander du repos et dire mes ennuis?
Je ne puis plus les dire à l'oiseau du bocage;
La nature devient solitaire et sauvage;
Je n'ai, pour confident, que le coin de mon feu;
C'est un fort bon ami, mais qui nous répond peu.
Pour que la solitude ait un charme suprême,
Il faut la partager avec l'objet qu'on aime.
A défaut des plaisirs j'avais de la santé;
Mais par la fièvre un jour je me vois visité:
Faute de prompts secours elle devient mortelle:

Puis, sans me consulter, tout-à-coup on appelle
Un *frater* de village, un prétendu docteur,
Qui vient à mon chevet s'établir sans pudeur,
Et me traite si mal, que mon ame indignée,
Pour quitter sa prison, n'attend que la saignée;
Quand mon tempérament, plus fort que mon bourreau,
M'arrache de ses mains et m'enlève au tombeau.

Je me croyais sauvé; mais une autre souffrance
M'attendait justement à la convalescence :
Nous touchions à ces jours, où la main du printemps
Réveille la nature et console nos champs;
Déjà, dans les buissons, gazouillait l'alouette;
J'épiais ton retour, modeste violette,
Ignorant que, bientôt, la plus humble des fleurs
Allait jouer un rôle et visait aux grandeurs.

De même qu'on entend, sous un ciel sans nuage,
Gronder au loin le bruit précurseur de l'orage;
Ainsi se fait entendre, en tous lieux répété,
Ce cri sombre : « Il revient ! Vive la liberté ! »
On avait tant de fois semé cette nouvelle,

Que je dus croire encor ce récit infidelle,
Quand certain officier, qui, d'assez bonne foi,
M'avait souvent juré qu'il adorait le Roi,
Vient me dire : — On l'attend! à grands pas il s'avance!
La lettre que voici m'en donne l'assurance. —
— Allons! vous plaisantez! je n'en crois pas un mot. (7
Il faudrait que l'on fût, ou bien traître, ou bien sot,
Pour n'avoir pas prévu qu'un jour ce téméraire......
De grâce, augurez mieux, Monsieur, du Ministère!
— Je suis de votre avis : s'ils l'avaient bien voulu,
Jamais cet homme-là ne serait revenu;
Mais, de l'en empêcher, ils n'ont pas pris la peine.
Pour moi, Monsieur, je vole où le destin m'entraîne;
Vaincu, je l'oubliais; vainqueur, je suis pour lui :
Voilà tout le secret de l'honneur d'aujourd'hui. —

Hélas! c'est à présent que vous devez me plaindre;
Les fléaux des cent jours tour-à-tour vont m'atteindre;
Justement effrayé des maux que je prévoi,
Les réquisitions partout pleuvent sur moi.
Deux chevaux, à regret quittant l'herbe fleurie,
Me sont pris pour grossir le train d'artillerie.

Plus de tranquillité; le préfet, chaque jour,
Demande un sacrifice au son d'un vieux tambour.
Les champs sont dépeuplés; et, par un ordre inique,
On me prend laboureur, jardinier, domestique;
Et sans doute bientôt, malgré mes quarante ans,
On me fera marcher sur les pas de mes gens.

La révolution, levant sa tête altière,
Ose encor déployer son horrible bannière :
On s'émeut, on s'agite; et, grâce à ce retour,
Toutes les passions sont à l'ordre du jour.

On prétend que, lassé du pouvoir despotique,
Il vient, à ses sujets, rendre la république;
Et, par les jacobins remis à la raison,
Rentre en France couvert d'une peau de mouton.

De chacun, à ces mots, la tête s'exaspère.
Mes travaux du village ont banni la misère;
Souvent de mes secours j'aide les malheureux :
Mais j'aimai les Bourbons, je suis un homme affreux !
Aussi, tout le pays se fait-il une fête

De voir, au premier jour, tomber enfin ma tête.

J'ai beaucoup d'héritiers, et le tirage au sort (8

Donne à chacun sa part des dépouilles du mort :

L'un desire les champs, et l'autre la prairie;

Joseph a le château, Pierre la métairie :

Mais des esprits plus doux, condamnant ces excès,

Prétendent que l'exil punira nos forfaits;

Qu'au gouvernement seul, par un antique usage,

Est réservé le droit de régler le partage.

Le travail est tout prêt, les bois de Moranvaux

Sont, dit-on, destinés au conseiller Dervaux.

Le jour, tous ces rapports me paraissaient des fables; (9

Mais, la nuit, je faisais des rêves effroyables;

Je vais vous en dire un. Le chef d'un régiment

Un matin se présente, et me dit poliment :

—Monsieur, Sa Majesté, de ses sujets le père,

Par décret du six mai, m'a donné votre terre :

Pour vous, sur mon honneur, j'en suis au désespoir!

Mais, franchement, combien cela peut-il valoir?

—Cent mille francs.—Pas plus! la chose est inouïe!

Je possédais au moins le double en Westphalie :

Je perds gros à l'échange ! Eh bien ! je suis content :
On se bat pour la gloire, et non pas pour l'argent.
Ce bois est-il à vous ? — Non. — C'est désagréable !
Que ne l'achetiez-vous ? c'était si convenable.
Allons, Monsieur, ce soir je vous donne à souper ;
Mais, de chez moi, demain il faudra décamper.—
Je m'éveille à ces mots, et joyeux je me lève ;
Le décret du six mai n'était encor qu'un rêve.

Cet orage passé , viennent nos ennemis !
Et voilà mes jardins par l'Autriche envahis !
Dans un an je parcours , sans relâche en mes peines,
Le cercle douloureux des misères humaines.
Ah ! qui m'eût dit qu'un jour, en cet étroit vallon, (1•
Je verrais les hulans fumer dans mon salon ?
J'ai, pour les désarmer, ma cave et ma cuisine ;
J'enrage à leur aspect, et leur fais bonne mine,
Sachant qu'il faut toujours bien traiter le vainqueur,
Et par de bons dîners égayer son humeur.

Mais nos maux vont finir ; la saison qui s'avance
Amène l'heureux jour de notre délivrance ;

Si mes hôtes repus, s'en retournaient gaîment,
Combien je partageais leur doux ravissement!
Enfin, tranquille et seul, je compte avec moi-même :
Je calcule, et je vois, non sans un trouble extrême,
Qu'abreuvé de dégoûts, d'ennuis et de tourments,
En dix mois j'ai mangé mes rentes de quatre ans.

Désabusé trop tard, et de mes rêveries,
Et des conseils d'Horace, et de mes bergeries,
Je cours chez le notaire ; on affiche, je vends :
Et sur le prix d'achat je perds vingt mille francs.
—Pour fuir tous ces chagrins, vous restez à la ville?
—Dieu m'en garde!—En ce cas, où sera votre asile?
—Où? mon cher ; eh! parbleu, nulle part et partout.
Le siècle où nous vivons m'inspire un tel dégoût,
Que je vais voyager le reste de ma vie,
Sauf à mourir un jour dans une hôtellerie.

LA FLATTERIE.

Non, ce n'est pas seulement à la cour
Qu'on voit la flatterie établir son séjour;
   Quoiqu'elle y soit très familière,
Tous les lieux lui sont bons, sa demeure est partout;
   Son poison croît à Windsor, à Saint-Cloud,
   Comme auprès de l'humble chaumière.
Il existe en Espagne, à la Mecque, au Japon :
   Ah ! c'est un merveilleux poison !
On aime à le cueillir ; et chacun, à sa guise,
Par des apprêts divers finement le déguise.

Dans les mains d'un ministre et des vieux courtisans,
   Il devient ce subtil encens
   Dont, le matin, cette troupe empressée
   Va parfumer le cabinet d'un roi
   Quand sa navette est épuisée,

Le ministre revient chez soi,
Où l'Excellence, à son tour caressée,
Avec la même bonne foi
Par les commis est encensée.
Puis ces derniers, de leurs solliciteurs,
Un dossier sous le bras, vont recevoir l'hommage;
Chacun, dans ses bureaux, retrouve ses flatteurs;
Et le sous-chef reçoit, à son cinquième étage,
Et de grands compliments, et de petits honneurs.

Mais, avant tout, la flatterie
Aborde le portier dans son fauteuil assis;
Et j'entendis un jour le plat Damis,
Qui lui disait, d'une voix attendrie :
« Cher Milan, votre maître est moins heureux que vous;
Votre crédit est sûr, le sien est éphémère;
Votre sort est durable et doux :
Il peut demain, ce soir, perdre son ministère.
Eh! combien de ces demi-dieux
Se sont éclipsés à vos yeux!
Vous êtes, je le crois, bien près de la douzaine :
Dans sa chute rapide aucun ne vous entraîne;

Leur poste est plus brillant, mais le vôtre vaut mieux. »

Le miel de ce discours adoucit le cerbère ;
  Et, la louange enivrant ses esprits,
  Il oublia la consigne sévère
Qui, ce jour-là, fermait la porte à tout Paris.
  Ainsi Damis, plein d'intrigue et d'audace,
Eut le rare bonheur de parler le premier ;
Il craignait cent rivaux ; mais il obtint la place
Pour avoir à propos su flatter le portier.

Les champs ont leurs flatteurs aussi bien que la ville :
  Souvent, lorsque j'ai mal dormi,
  Et que, tourmenté par la bile,
  Mon visage est jaune et bouffi :
« Monsieur, me dit Colas, mon *Bostangi*,
Enchanté qu'avec lui dans mes jardins je cause,
  Vous êtes frais comme la rose,
  Et je vous trouve rajeuni. »

Depuis que des cent jours ils ont connu l'ivresse,
  Mes villageois sont un peu plus méchants ;

Eh bien! quelquefois, par faiblesse,
Moi, je leur dis qu'ils sont de bonnes gens.
On a beau faire, il faut un peu de flatterie;
Laissons-nous prendre à ce piége si doux;
Chacun y tombe dans la vie:
Je suis flatté, je flatte, et nous nous flattons tous.

~~~~~~

LES ENNUIS DE PARIS EN 1817.

Déja l'automne expire, et la nature en pleurs
Regrette sa parure et ses dernières fleurs :
Contre les aquilons, hier, le sycomore
Et le faible bouleau se défendaient encore ;
Mais cette nuit l'hiver, par un brusque retour,
A tout désenchanté dans mon riant séjour.
Tremblant, à cet aspect, j'enferme dans la serre
Les vases qui peuplaient ma cour et mon parterre ;
De quelques arbrisseaux j'embellis mon salon,
Et je couvre à regret le laurier d'Apollon.
J'offre à mes jeunes plants un abri salutaire,
Et j'entasse à leurs pieds la mousse et la fougère.
Que maintenant l'hiver exerce sa fureur,
Aucun de mes sujets ne craint plus sa rigueur.

Tandis que bien des gens, dans leurs riches demeures,
~~~~~~

S'aperçoivent déjà de la lenteur des heures,
Et qu'à la Saint-Martin, l'ennui, cet hôte affreux,
Autour de leurs foyers vient s'asseoir avec eux.
Moi, dont il ne saurait troubler la solitude,
Je me livre avec charme aux douceurs de l'étude;
Le temps coule trop vite au gré de mes desirs,
Et ne suffit qu'à peine à d'utiles loisirs.

Quel est ce char brillant qui gravit ma montagne?
Je reconnais Forlis, désertant sa campagne,
Forlis qui, l'autre jour, disait que les frimas,
Dans son gentil manoir, n'étaient point sans appas;
Quelques instants d'épreuve ont lassé son courage : (1
Il n'y peut plus tenir : « Mon voisin, bon voyage! »

Je ne le suivrai point, quoi qu'en dise Forlis ;
Ici je suis heureux, le serais-je à Paris?
Hélas! dans ma jeunesse, à mes penchants docile,
Je pris ma bonne part des plaisirs de la ville!
Mais, puisque j'ai franchi la moitié de mes ans,
Réparons en été les torts de mon printemps.

Plaisirs si renommés de notre capitale,
Déjeuners ruineux du Rocher de Cancale,
Poignards de la *Gaîté*, coursiers de Franconi,
Roulades de Martin, airs de Catalani,
Du Théâtre des Arts, pompes enchanteresses,
Et de ses bals masqués monotones ivresses,
Talma, peu secondé dans ses noires fureurs,
Et Fleuri, vieillissant malgré Thalie en pleurs,
Non, vous ne valez point le calme du village,
Et les biens que je trouve en mon doux hermitage!

Supposons toutefois que, déserteur des champs,
J'aille encor dans Paris attendre le printemps,
De ce caprice vain quelle sera l'issue?
Mille ennuis, dont je puis faire ici la revue :
Je quitte ma campagne, et me voilà reclus
Dans une diligence avec huit inconnus.
On veut politiquer pour charmer le voyage:
Sur la *minorité* la question s'engage;
Et bientôt ces débats, aigrissant les esprits,
Dès le premier relai nous formons trois partis.

Un fort mauvais souper termine la querelle :
Le vin n'est pas potable, on s'indigne, on appelle ;
Et nous, nous plaignons tous de notre hôte inhumain,
Spéculant sans pudeur sur la soif et la faim.
Au fond de l'horizon déjà chacun découvre
Le pavillon des lis qui flotte sur le Louvre :
Enfin, nous débarquons ; un fiacre impertinent
Dans un hôtel garni me conduit lentement.
Le lendemain, je fais mainte et mainte visite ;
Éraste me retient, à dîner il m'invite.
Nous attendons long-temps deux de nos députés ;
Ils arrivent enfin tous deux fort agités :
Lors on se met à table, et Madame, avec grâce,
Entre ces deux Messieurs m'engage à prendre place.
« Vous me voyez, dit l'un, dans le ravissement ;
Deux heures j'ai parlé contre l'amendement.
Monsieur, nous l'emportons ! la chose m'est prouvée ;
Le système triomphe, et la France est sauvée ! »
L'autre me dit : « Monsieur, c'est une trahison !
On outrage à-la-fois la Charte et la raison !
En vain, par mille efforts, nous l'avons défendue,
La loi vient de passer, et la France est perdue. »

Entre ces deux bavards, le moyen de manger!
Je crois que le rôti va me dédommager;
Et déjà je dévore, avec des yeux d'envie,
Un gigot succulent venu de Normandie.
La dame du logis, tout en le découpant,
Disserte sur la loi: notre gigot attend
La fin de ce discours anti-gastronomique;
Et nous le mangeons froid, grâce à la politique.

Bientôt, suivant l'usage, Éraste, après dîné,
Pour la pièce du jour se voit abandonné;
Je me glisse avec peine au milieu du parterre;
Mais le public se montre aussi dur que Tibère;
Et le prince romain, par un funeste sort,
Une seconde fois vient recevoir la mort.
Si la pièce était faible et tant soit peu comique,
Le parterre, en revanche, offrait un air tragique:
Placé près d'un blanc-bec, bruyant et querelleur,
Me voilà sur les bras une affaire d'honneur.

Le rendez-vous donné, je porte chez Orphise
Une mauvaise humeur qu'il faut que je déguise;

Dans son petit hôtel, cette antique beauté (2

Prolonge son empire à l'aide de son thé :

Le cercle est fort nombreux, la soirée est brillante, (3

Il ne lui manque rien, sinon d'être amusante.

J'allais me mettre au jeu, lorsqu'enfin, par bonheur,

Dans un coin du salon je rencontre un causeur :

—Des ministres, dit-il, la chance est incertaine,

Et nous pouvons compter sur leur chute prochaine. —

Un autre l'interrompt, et d'un air doucereux :

—Moi, du gouvernement je suis fort amoureux,

Dit-il ; et je voudrais que ce bon Ministère,

Pour le salut de tous, devint héréditaire.

—Parbleu, reprend un duc, cet avis est le mien :

J'aime le Ministère, et je m'en trouve bien ;

Jadis, je tins beaucoup à ma vieille noblesse ;

Je suis bien revenu de cette sotte ivresse,

Et de mon second fils je fais un avocat :

Le barreau mène à tout, c'est un fort bon état.

—Messieurs, leur dis-je alors, j'habite le village ;

Et, pour civiliser un peu mon hermitage,

Je voudrais un journal sagement rédigé ;

Dans ce choix important que par vous dirigé.....
—Gardez-vous, me dit l'un, de *la Quotidienne!*
Son esprit monacal n'a rien qui vous convienne :
Le rédacteur, je pense, est un vieux capucin,
Qui, des cloîtres détruits, conserve le levain.
—N'allez pas, me dit l'autre, au *Journal du Commerce !*
Ses principes sont faux, sa morale est perverse ;
N'infectez pas vos champs de son affreux venin,
Car il ferait bientôt de vous un jacobin.—

A ces mots, la querelle avec aigreur s'engage ;
Lorsqu'enfin, assommé de tout ce verbiage,
Pour les mettre d'accord, j'annonce, avec gaîté,
Que je vais m'abonner au *Journal de Santé.*

Le lendemain, chez moi, vient monsieur de Lorbelle,
Qui me dit : — Apprenez une grande nouvelle !
— Quoi donc? les alliés, affligés de nos maux
Nous font-ils, dites-moi, remise des impôts ?
—Comment, me répond-il ; ah ! c'est bien autre chose !
Le Brésil, insurgé pour la plus noble cause (4,
A jamais de son roi se rend indépendant,

Et secoue avec gloire un joug humiliant.
Vous sentez de quel prix et de quelle importance
Ce sera pour l'Europe, et surtout pour la France.
Tous les peuples, au bruit de ce nouveau tocsin,
Rentreront dans les droits qu'ils réclamaient en vain;
Et, marchant sur les pas de la fière Amérique,
Sous peu nous allons voir le monde en république.
La liberté triomphe; on pourra, cette fois,
A tous ces changements gagner de bons emplois. —

Après ce beau discours, mon rêveur se retire,
Et va dans tout Paris colporter son délire.
Bientôt, lui succédant, l'incrédule Damon
Vient, en dépit de moi, me lire une chanson,
Où, dans de sots couplets, sa verve libérale
Outrage la vertu, les lois et la morale.
Damon et ses amis, dans leurs sombres humeurs,
Tremblent que les Français ne deviennent meilleurs;
Et fâchés que la paix console enfin la terre,
A tous les gens de bien ils déclarent la guerre.

Enfin, sans se gêner, mes voisins, mes amis
Utilisent pour eux mon séjour à Paris.

L'un, voulant éprouver mon active obligeance,
Me lance sur les pas d'une antique créance;
Je m'épuise à chercher, quand, par hasard, j'apprends
Que son vieux débiteur est mort depuis dix ans.
D'autres, m'initiant à leurs tristes affaires,
Me font sécher d'ennui dans tous les ministères.
Linval veut une place, et, chaque jour, m'écrit
Pour me persuader que je suis en crédit.
Doris m'a demandé, pour déguiser son âge,
Tous les secours que l'art offre à son vieux visage;
Sur une longue liste est l'huile de Junon,
La crême de Vénus, et les eaux de Ninon.
Je passe ma journée à courir les boutiques,
Et je rentre chez moi chargé de cosmétiques.
La prude Arsinoé veut du rouge, un chapeau,
Le spencer à la mode et le roman nouveau.
Je quitte enfin Paris, ma voiture encombrée
D'effets appartenant à toute la contrée.

Eh bien ! en ce pays, que l'on nous vante tant,
A peu de chose près voilà ce qui m'attend.
Soyons de bonne foi, cela vaut-il la peine

De m'exiler l'hiver de mon joli domaine ?
Ici, la politique et son triste jargon
N'ont jamais en un club transformé mon salon.
Ici, je vois régner la paix et l'abondance ;
Chaque instant à mon cœur offre une jouissance ;
Et, libre de tout soin, je bois des vins exquis
Qui n'ont jamais passé par la main des commis.

LE VIEILLARD D'AUJOURD'HUI.

Le temps n'est plus où les Géronte,
Et les Cassandre, et les Oronte,
Étaient dupés par un Pasquin,
Valet d'un fils prodigue ou libertin.
La vieillesse s'est ravisée;
Elle est adroite, elle est rusée;
Et même, à parler franc, je crois
Qu'elle est moins vieille qu'autrefois.

Parmi les eaux qu'en abondance
On boit au riant Tivoli,
Trouverait-on, pour être rajeuni,
Quelques bouteilles de Jouvence?

De ce triomphe sur les ans,
L'un des prodiges de ce temps,

La cause est toute naturelle ;
Cherchons-la dans nos mœurs, surtout dans nos habits ;
   Car, de nos jours, à la mode nouvelle
      Jeunes et vieux sont asservis.
      L'élégant septuagénaire
   Veut embellir la fin de sa carrière ;
   De fête en fête on le voit voltiger,
Et courir tout Paris, vêtu d'un frac léger :
Sa figure est riante, et n'offre rien d'austère.
     Pour mieux y voir, nos chers aïeux
   Armaient leur nez de gothiques lunettes ;
   Mais, à présent, de brillantes lorgnettes
     A nos vieillards font de bons yeux.

     Armand leur vend de beaux cheveux
     D'une couleur presqu'enfantine ;
     Aussi, les chagrins et les ans
     N'en font jamais des cheveux blancs.

     Par une légère badine,
     Nos gais et modernes Nestor
    Ont remplacé la canne à pomme d'or.

Leur dos n'est plus voûté, ni leur marche pesante ;
Ils ont perdu cette toux si bruyante
Qui de nos antiques châteaux
Étourdissait tous les échos.
Vous ne leur voyez point cet air sombre et sévère
Si redoutable aux jeunes gens ;
Le plus vénérable grand-père
Est tutoyé par un fat de vingt ans.

N'ai-je point vu Mondor, pour plaire à sa maîtresse,
Et se donner un faux air de jeunesse,
Usurper le blanc pantalon,
Et la cravache et l'éperon.
Car le vieillard, d'humeur légère,
Ne s'en tient plus aux souvenirs ;
Sur les bords de la tombe, il veut aimer et plaire ;
Il s'amuse à glaner dans le champ des plaisirs,
Sans que son ame s'inquiète
De ce fatal moment qui va fermer ses yeux ;
Et l'on apprend un jour sa mort par la Gazette,
Sans avoir su qu'il était vieux.

VOYAGE AU CHEF-LIEU, EN 1815.

« Non, je ne comprends rien à votre humeur volage ;
Vous êtes bien ici, tout vous plaît ; cependant,
   Vous persistez dans ce maudit voyage
      Au chef-lieu du département.
En ce triste séjour vous n'avez nulle affaire ;
Personne, plus que vous, ne craint les ennuyeux,
      Et vous courez au-devant d'eux !
Allons ! va pour l'ennui, si cela peut vous plaire !
    Abandonnez, pour un vague désir,
      Ce coin du feu toujours paisible,
    Ce bon salon, aux vents inaccessible,
Où l'on entend l'hiver sans jamais en souffrir.
    Abandonnez vos jardins, votre serre,
Et ce chien si fidèle, et vos auteurs chéris,
Et ces mets délicats, à cinq heures servis ;
En un mot les plaisirs que votre cœur préfère,

Et que sous ce toit solitaire
La nature, à vos vœux, offre tous réunis :
Enfin, Monsieur! que Dieu vous accompagne! »

Tels étaient les adieux de ma chère compagne :
Avec douceur je l'écoutais ;
Avec même douceur cependant je partais ;
Et me voilà sur ma vieille monture,
En ses riches tableaux, admirant la nature.
Combien j'aime à courir de vallons en vallons,
A contempler des cieux l'imposante étendue,
A passer gaîment en revue
Une douzaine d'horizons!

Déjà s'offre à mes yeux le clocher de la ville :
J'arrive, et je rencontre un monsieur Théophile;
Qui, m'ayant vu deux fois, m'appelle son ami.
« Qu'avec contentement je vous revois ici!
Dit-il, et qu'à propos vous nous faites visite!
Je vais vous présenter chez madame Mélite :
Dans un instant son salon va s'ouvrir. »
Moi, de facile humeur, je cède à son désir.

Dans une vaste salle, assez mal éclairée,
La dame du logis, grotesquement parée, (a
Me reçoit gravement, m'engage à me couvrir,
Droit dont je n'usai point, mais qui me fit frémir,
    Pour les suites de ma soirée.

    D'abord, mon comique patron,
    Pour se donner de l'importance,
  Et m'attirer la faveur du salon,
Me désigne à chacun, d'un ton plein d'assurance,
Comme étant du ministre assez considéré;
    Moi, modeste propriétaire,
  Depuis quatre ans relégué dans ma terre,
Et qui n'ai du crédit qu'auprès de mon curé,
    Aussitôt je suis entouré.
  Lourd par état, pédant par caractère,
Monsieur l'ingénieur, de son art amoureux,
M'entretient longuement d'un pont très ennuyeux
Construit sur un ruisseau qu'il érige en rivière,
Où puisse, tôt ou tard, se noyer mon fâcheux.

Un homme, en habit noir, au visage sévère,

Brusquement de ce fat interrompt le discours :

Je crois qu'il vient à mon secours ;

Mais cet espoir ne dure guère,

Car je suis dans les mains du procureur du Roi,

Qui, pour produire un grand effet sur moi,

D'une voix de Stentor me fait la longue histoire

De son dernier réquisitoire ;

Et d'un délit affreux quoique très innocent,

J'ai presque l'air du patient.

Hélas ! sa sœur, fille d'un certain âge,

Guettait la fin du jugement,

Pour me conter son amoureux tourment.

« Ah ! me dit-elle, il faut que mon cœur se soulage !

J'avais su captiver monsieur l'entreposeur,

Et tout se disposait pour notre mariage,

Lorsqu'on destitua cet homme plein d'honneur,

Qui bientôt à mes vœux.... Monsieur, c'est une horreur !

C'est plonger dans le deuil une honnête famille....

Quoi ! vous riez de mon malheur !

On voit bien que Monsieur ignore la douleur

Que l'on éprouve à rester fille. »

« Monsieur, j'étais à Gand huit jours avant le Roi,
S'écrie un conseiller de gothique tournure,
Et, sans trop me flatter, cela valait, je croi,
      Au moins une sous-préfecture :
Mais on me laisse ici végéter tristement ;
Cet oubli ne fait point honneur au Ministère....
      Et ces Messieurs, probablement,
      Manqueront encor leur affaire. »

      Après ce chevalier de Gand,
      La demi-solde m'entreprend :
Me voilà sur les pas d'un fougueux militaire,
En dépit des traités, recommençant la guerre ;
      Un geste brusque anime son récit ;
A chacun des combats dépeints par mon vieux rêtre,
      Je vois tout-à-coup disparaître
      Un des boutons de mon habit.

Cette dernière épreuve épuise mon courage ;
      Quittant la place, je m'enfuis

Pour éviter d'autres ennuis.

Théophile à souper m'engage,

Et niaisement je le suis :

Mais cette humeur hospitalière

N'avait jamais l'assentiment

De son avare ménagère ,

Qui, m'accueillant très froidement,

Me dit encor plus sèchement :

« Monsieur, vous allez faire un souper détestable. »

Il n'était que trop vrai ! Nous nous mettons à table:

Tout était froid, mets sans saveur ,

Vin sans bouquet, et non pas sans aigreur,

Embarras de l'époux , air crispé de la dame....

Fit-on jamais souper plus assommant ?

Je parlais peu, je mangeais tristement ;

Et je pensais, en soupirant,

Aux conseils mal suivis de ma prudente femme.

Mauvais souper et mauvais lit

Ne vont pas l'un sans l'autre , et celui qu'on m'offrit

Compléta ma mésaventure :

Là, l'importune et sévère figure

De mon hôtesse et de mes ennuyeux ;

Les cris perçants, le tintamarre affreux,

Et des rats affamés, et des chats amoureux;

    Enfin des vents le sinistre murmure,

    Tout conspirait pour troubler mon sommeil;

Et, si j'eus du repos, ce ne fut qu'au réveil.

Je m'échappe à l'instant de ce fâcheux asile,

Pressé d'un tel desir de quitter mes *amis*,

    Que, sans mot dire, je partis.

Je me croyais sauvé, quand le cher Théophile

Me poursuit et m'arrête au milieu de la ville.

« Quoi! déjà s'esquiver; mais un espoir flatteur

De ce brusque départ nous adoucit la peine :

Mon fils, ma femme et moi, mon beau-frère et ma sœur,

Nous irons tous chez vous, passer une quinzaine. »

Je l'avoue, à ces mots, la frayeur me saisit :

    Comment parer cette disgrâce?

Car ce n'est point une vaine menace;

    En province on est fort tenace;

    Il le fera comme il le dit.

    Fort mécontent de mon voyage,

Je regagne mon hermitage,
Me comparant tout bas à ce célèbre fou
Qui, dans son humeur inégale,
Alla prier les Russes à Moscou
De visiter sa capitale.

MON ARISTARQUE.

Un jour Dorsan, papillon du Parnasse,

Dont les écrits musqués ressuscitent Dorat,

Me dit, avec cet air avantageux et fat,

Que sa femme veut bien prendre pour de la grâce :

« Je vous vois non sans peine employer vos loisirs

   A rimailler dans une solitude :

A quoi bon, dites-moi, cette stérile étude,

Qui, du séjour des champs, gâte tous les plaisirs?

Vos bois vous offrent-ils un Aristarque austère,

     Qui, maîtrisant votre Apollon,

     Le soumette au joug salutaire

     De la rime et de la raison ?

Sachez que l'art des vers est un art difficile :

     A peine en faisons-nous de bons,

   Nous qui, toujours habitants de la ville,

     Et des Muses vieux nourrissons,

Dès le jeune âge possédons
Et les secrets du goût, et les grâces du style.
Soignez votre troupeau, vos prés, votre jardin!
De vos vignes surtout excitez l'abondance!
Et que, de temps en temps, un panier de bon vin
Vienne de vos amis adoucir le chagrin,
 Causé par votre longue absence. »

 C'est en ces mots que mon pédant
 Me vouait à la vile prose :
Moi, qui ne puis souffrir que tyranniquement,
 De mon esprit chacun ainsi dispose ;
 A ses conseils je déférai si bien,
 Qu'animé d'une ardeur nouvelle,
En le quittant déjà je rimais l'entretien
 Dont je fais le récit fidelle.

Mais Dorsan ne sait pas qu'au fond de mes déserts
Un véritable ami fait la guerre à mes vers,
Et dirige assez bien ma poétique flamme :
 Je l'avoûrai, cet ami; c'est ma femme!
 Quand nos voisins, bloqués par les frimas,

Cherchent péniblement l'emploi de leurs soirées,
De l'amour des beaux-arts nos ames enivrées
Goûtent mille plaisirs qu'ils ne connaissent pas.

On ne craint point ici comme à la ville,
Qu'un char, dans une cour avec fracas roulant,
Vous porte un ennuyeux, dont l'entretien futile
　　　Vient exciter le bâillement.
　　En ce paisible et solitaire asile,
　　　　Loin de toute importunité,
　　　　Nous pouvons suivre en liberté
　　　　De nos goûts la pente facile.
Madame brode, écrit, lit Horace ou Gresset;
　　Dans le salon règne un profond silence;
　　　　Mais, dès que mon travail est prêt,
　　　　Aussitôt s'ouvre la séance.

Voyez mon petit juge, en son fauteuil assis,
　　　　M'écouter avec complaisance;
　　　　Moi, prenant un air fort soumis,
　　　　Pour captiver sa bienveillance;
　　　　Et, dans le fond, plein d'espérance,

Que mes vers vont être applaudis.

Mais, hélas! après la lecture,

Ce front, toujours serein, aussitôt s'obscurcit;

Et, dans deux beaux yeux noirs qui pétillent d'esprit,

Je vois que bientôt mon écrit

Va devenir l'objet de plus d'une censure.

Alors je prends avec aigreur

La défense de ma tirade;

Ma femme rit de mon humeur,

Et compare le pauvre auteur

A l'archevêque de Grenade.

« Quelle est, mon cher ami, votre obstination?

De ces deux vers la rime est détestable;

En cet endroit point de transition,

Et cette fin est pitoyable.

—Pour me juger ainsi, croyez-vous, entre nous,

Avoir de l'art des vers assez de connaissance?

—L'instinct vaut mieux que la science;

D'ailleurs, si vous manquez, Monsieur, de confiance,

Pourquoi donc me consultez-vous? »

5..

Là-dessus, on se tait, on boude : c'est l'usage ;

     Les deux fauteuils sont placés dos à dos ;

Quiconque surviendrait dans ces instants d'orage,

       Croirait qu'on fait mauvais ménage.

Exilé dans un coin, je relis mon ouvrage ;

L'illusion s'envole, et je vois les défauts.

       Alors il faut demander grâce :

On se rapproche, on corrige, on efface ;

       D'un vers diffus, d'un sens douteux,

Un terme mieux choisi vient occuper la place :

Le juge est désarmé ; le poète l'embrasse,

       Et redevient presque amoureux.

A M. LE DOCTEUR A***. (*)

Esculape un jour s'ennuya
De l'état de célibataire,
A Jupiter il s'adressa ;
Voici quelle fut sa prière :
« Père des immortels, je remplis de mon mieux
Le noble emploi de médecin des dieux ;
  C'est un pénible ministère ;
Car ces Messieurs, soit dit sans vous déplaire,
Quoique doués de l'immortalité,
Ont presque tous une faible santé.
L'Amour, vous le voyez, ne bat plus que d'une aile ;
Pour le soigner trop souvent on m'appelle :
  Ses maux me donnent de l'humeur ;

____

* Cette Pièce a été lue chez M. le docteur A***, le jour de sa fête.

Car ils sont dans sa tête, et jamais dans son cœur.

 Vénus, moins que jamais cruelle,

 Languit et manque de fraîcheur.

Quant à Junon, votre ombrageuse épouse,

 Qui s'avise d'être jalouse,

Je vois que sa figure, au teint jadis vermeil,

 S'est tant soit peu décomposée,

 Et que l'autre jour, au conseil,

 Elle était fort couperosée.

Lassé par des exploits, peut-être trop brillants,

 Votre fils Mars est sur les dents.

 Du dieu Bacchus la santé chancelante

 Depuis six ans m'occupe et me tourmente;

 Réduit à l'eau, le pauvre genre humain

 Fort tristement se désaltère;

Mais, à force de soins, j'ai guéri le cousin;

 Et je pense que sur la terre

 Cette année on fera du vin.

 Minerve, autrefois sage et belle,

 Perd chaque jour de ses attraits;

 Elle a la fièvre, et son accès

Très fréquemment se renouvelle.

Vous le dirai-je enfin, quand j'ai passé le jour
A courir les hôtels de votre vaste empire,
  Avec chagrin le soir je me retire
    Dans mon solitaire séjour;
     Cet ennui n'est plus supportable,
     Je veux une compagne aimable
  Dont l'enjoûment déride un peu ma cour.
Il dit; et Jupiter, accueillant sa prière,
Décida sur-le-champ que le fils d'Apollon,
    Contrarié d'être garçon,
Et de Vulcain, voulant devenir le confrère,
   Pouvait d'hymen subir les lois.
  On lui laissa la liberté du choix.
Dans l'Olympe aussitôt cette grande nouvelle
Excita les transports de la troupe immortelle;
    Et le céleste médecin
    Voyait accourir sur ses traces
    Des nymphes le brillant essaim.
Qui le croirait? les Muses un peu lasses
    D'une antique virginité,

Sollicitaient la préférence ;

Renonçant à l'indifférence

Qui répand sur leurs jours tant d'uniformité.

Esculape, trouvant Clio trop renchérie,

    Et Melpomène un peu hardie,

    Et Therpsicore trop lutin,

    Ne fut pas long-temps incertain,

Il jeta le mouchoir à l'aimable Thalie:

    Ce mariage fut heureux,

Chose rare partout, et même dans les cieux.

    A sa moitié le dieu, cherchant à plaire,

    Modifia son caractère ;

    Thalie obtint de son époux

    Que son visage, un peu sévère,

    Aurait un air aimable et doux.

    Elle exigea le sacrifice

    De la perruque aux vingt marteaux ;

    Des grands habits, des vieux manteaux,

    L'habit du jour remplit l'office.

    Un char simple, mais élégant,

Traîné par un cheval fringant,

Remplaça la demi-fortune,

Que les dieux de bon ton trouvaient un peu commun,

Et dont le pas était trop lent.

Esculape bientôt, vit par ce changement

Tous les plaisirs embellir son ménage,

Et la Muse folâtre en fit un dieu charmant.

De son bonheur ici tout retrace l'image;

Des plus nobles travaux d'un art un peu sauvage

Thalie a tempéré la sombre gravité;

Et si chaque matin, sous le toit d'un vrai sage,

On reçoit les conseils qui rendent la santé,

Le soir, des jeux, des arts, de la gaîté,

On trouve encor le riant assemblage.

Ne parlons plus des dieux, celui que nous fêtons

Est le meilleur homme du monde;

Savez-vous pourquoi nous l'aimons?

C'est qu'il sait joindre à ses doctes leçons,

A sa science et sublime et profonde,

Une aimable simplicité,

Et qu'enfin la nature, à ce rare génie
      Voulut unir la touchante bonté.

Révélerai-je un trait de son humanité,
    Sans toutefois blesser sa modestie ;
        Je vais vous le dire bien bas,
Comme il est fort distrait, il ne m'entendra pas.

    Certain malade, accablé de souffrance,
        Touchait à son dernier moment ;
Le docteur le visite, et bientôt le mourant,
Grâce aux efforts de l'art, renaît à l'espérance.
A*** l'a sauvé ; mais c'était peu pour lui :
    Cet homme est sans biens, sans appui ;
« De mes secours, dit-il, Ariste tient la vie,
Et n'a pas de quoi vivre..... A parler franchement,
      Je suis honteux de mon présent.
Il faut qu'avec le sort je le réconcilie,
Puisque je l'ai sauvé, je dois le rendre heureux. »
    En sa faveur il s'intéresse, il prie,
    Et le succès vient couronner ses vœux.
Il vole à son malade, et, d'un ton d'obligeance,

« Mon ami, lui dit-il, prenez cette ordonnance ;
Lisez-la bien, car je la croi
D'un merveilleux effet pour la convalescence. »
C'était le brevet d'un emploi,
Qui de ce malheureux assurait l'existence.

« O mon généreux bienfaiteur !
S'écria-t-il d'une voix attendrie,
De mon corps languissant tu chassas la douleur,
Mais, vainqueur de la maladie,
Tu voulus vaincre mon malheur,
Et, dans ce jour, ton noble cœur
Devient l'égal de ton génie. »

Ce trait touchant, qu'au hasard je choisis,
Pour vous, peut-être, est encore un mystère ;
Moi, bonnement, je vous le dis ;
Mais, de crainte de lui déplaire,
Ne le contez, Messieurs, qu'à dix de vos amis.

————

LE CORDON.

Lundi dernier, j'ai rencontré Dorante;
A sa démarche triomphante,
Aux tons qu'il prenait avec moi,
Tons d'une suffisance extrême,
Je l'avoûrai, j'ai cru de bonne foi
Qu'il avait eu, ce jour-là même,
Un tête-à-tête avec le Roi.
Qu'en pensez-vous?—Que cette folle ivresse
Ne part pas de si haut; le Roi, qui craint l'ennui,
N'aura jamais d'entretien avec lui.
Mais, entre nous, Dorante a la faiblesse
De se croire un très grand séigneur,
Depuis que le ruban brille à sa boutonnière.

De la défunte cour, moi, défunt serviteur,

Je puis vous raconter quelle était la manière
Dont il postulait la faveur
Qui d'un orgueil naïf enfle aujourd'hui son cœur.

Le croiriez-vous ? quelquefois à la chasse,
Lorsqu'on courait le cerf avec ardeur,
Son placet à la main, Dorante, avec audace,
Poursuivait l'auguste chasseur :
Affronts, refus, rien n'humilie
Ce pauvre diable, amoureux du cordon,
Et, de la chasse, il vole à Malmaison.
Là, des plus belles fleurs dotant l'orangerie,
Et de quelques rares oiseaux
Recrutant la faisanderie,
Il espérait, par ces cadeaux,
Intéresser à sa folie,
De ces beaux lieux, l'aimable déité,
Qui, par ses grâces, sa bonté,
Des Français fut vraiment chérie.
Mais, un jour, quel est son bonheur!

Le chancelier, d'un style presque tendre,
    Assure le solliciteur
    Que, par ses droits, il peut prétendre
    A cette éclatante faveur.
Il terminait ainsi cette épître galante :
    « En attendant, Monsieur Dorante
Doit croire aux sentiments qu'il a su m'inspirer. » *
    Cette formule était charmante;
    Par elle il se laisse enivrer;
A ses yeux éblouis une vague espérance
    Devient une réalité,
Et le ruban d'avance est acheté.

Tous les matins, le voilà qu'il s'empresse
    D'aller, plein d'un espoir flatteur,
    Interroger le Moniteur,
    Encore humide de la presse.

Le ciel voulut enfin abréger son tourment;

---

* Historique. Toutes les lettres de ce genre finissaient par ces mots.

Dorante profita de cet heureux moment,
Où deux abbés, d'humeur légère,
D'un trait de plume allaient créer,
Si le vingt Mars n'eût fait manquer l'affaire,
Toute la France chevalière :
Par eux il se vit agréer.

Transporté d'une grâce à son orgueil si chère,
Il appelle aussitôt sa femme et ses enfants ;
Il les embrasse, il rit, il pleure ;
Sa famille ébahie, au bout d'un grand quart-d'heure,
Ignore encor ce qui trouble ses sens.
Dorante enfin laisse parler sa joie,
Et dans ses mains le ruban se déploie.
Sa digne épouse, avec empressement,
Le complimente, le décore,
Et la rougeur qui la colore
Trahit son doux saisissement ;
Mais le chevalier veut encore
Par un autre cordon éblouir tous les yeux ;
Et, quoique de l'été l'on ressentît les feux,
Cédant à sa vanité sotte,

Pour doubler son triomphe, il met sa redingotte,
Et d'un seul ordre il en fait deux.
Bientôt il sort; et, sans la moindre affaire,
Il visite son procureur,
Son architecte, son notaire,
Chez plus de trente amis il porte son bonheur.

Mais quel enchantement quand, de la sentinelle,
Du port d'arme il reçoit l'honneur!
Trois fois dans la minute il passe devant elle;
Et du fusil, trois fois le bruit flatteur
Chatouille son oreille et fait battre son cœur.
Voilà tout le secret du trouble qui l'agite!
Pour moi, plus tolérant que l'ombrageux Damon,
Républicain farouche, et moderne Caton,
Que l'aspect d'une croix irrite,
J'aime beaucoup à voir circuler dans Paris,
Donnant le bras à des femmes charmantes,
Ces nombreux chevaliers, émaillés, comme Iris,
Des couleurs les plus séduisantes;
Et, puisque nous parlons ici de vanité,
Regardez ce monsieur, si vain de sa *brochette*;

Je l'ai connu modeste et sans fierté;
Mais six ordres! voilà de quoi tourner la tête! (2
    Que de rois se sont entendus
    Pour nous donner un fat de plus.

Sachons nous amuser des joujoux monarchiques!
Je préfère cent fois cette variété
    A la sombre uniformité
    Des ennuyeuses républiques.
Pour rire de bon cœur, parlez-moi d'un pays
Bien chamarré de ducs, de comtes, de marquis!
    La comédie et la satire,
    Chez messieurs des États-Unis,
    N'ont jamais eu le mot pour rire.
Calculer, fumer, boire et lire des journaux:
Cette vie, entre nous, est peu divertissante;
Et sans cesse l'ennui, de sa main languissante,
Sur ces esprits glacés verse de noirs pavots.

Chez nous, à chaque pas, une Muse légère
Saisit un ridicule, et de son vers frondeur
    Réjouit un malin lecteur;

Tandis que dans Boston, notre divin Molière
N'eût été, je le crois, qu'un médiocre auteur.
Et le Tartufe, hélas! serait encore à faire.

LISETTE ET PASQUIN.

DIALOGUE.

PASQUIN.

Je te revois, Lisette, et, toujours plus jolie,
De mille attraits nouveaux tu parais embellie.
Eh bien ! es-tu contente ; et de brillants succès
Viennent-ils, à ton gré, couronner tes projets ?
Tes maîtres ont-ils su, d'une fine soubrette,
Sentir tout le mérite ? Enfin, chère Lisette,
Sers-tu dans ce moment ?

LISETTE.

Non : car, de bonne foi,
Les maîtres d'aujourd'hui sont indignes de moi ;

6..

Dans plus de vingt maisons, pendant ta longue absence,

J'ai fait de leurs travers la triste expérience :

Je ne leur ai trouvé ni grâces ni vertus,

Et mes nombreux talents sont partout méconnus.

Les beaux jours sont passés; jadis, une suivante

Du cœur de sa maîtresse était la confidente :

Mais chez tous ces gens-là, de leurs secrets jaloux,

Jamais je n'ai porté le moindre billet doux,

Et chacun à présent fait l'amour en personne :

L'état ne vaut plus rien, aussi je l'abandonne.

PASQUIN.

Ma foi ! tu penses juste, et je t'en dis autant;

De nos maîtres du jour je suis très mécontent.

LISETTE.

J'ai servi quelque temps une jeune héritière;

Trois amants aspiraient au bonheur de lui plaire :

J'ai voulu vainement favoriser les vœux

Du plus jeune des trois et du plus amoureux;

Un sordide intérêt fit pencher la balance;

Le plus riche, malgré moi, obtint la préférence.

On fit de son argent le gage du traité,

Et d'un calcul si bas mon cœur fut révolté.

PASQUIN.

Oui, par le temps qui court, l'amour est une affaire
Dont les plus doux aveux se font chez le notaire.

LISETTE.

J'espérais qu'à mon zèle Orphise aurait recours;
Car c'est par ses amants qu'elle compte les jours:
Mon espoir fut déçu; dans cette grande ville,
Les maris sont si bons et d'humeur si facile,
Que leurs chastes moitiés n'ont plus besoin de nous
Pour tromper avec art et l'amant et l'époux.

PASQUIN.

Ah! Lisette, combien tu plaindras ma souffrance,
Quand je t'aurai des miens révélé la naissance :
Nous sommes, et je puis te le certifier,
Laquais de père en fils depuis François premier :
Je n'en suis pas plus fier; ce frivole avantage,
Pur effet du hasard, je le vois d'un œil sage;
Car enfin je pouvais, avec moins de bonheur,
Être le fils obscur d'un simple laboureur.

LISETTE.

Je t'applaudis, Pasquin, de l'éclat de ta race :
Elle a dû te valoir plus d'une bonne place.

PASQUIN.

Hélas ! non, mon enfant, je n'ai point réussi :
Les titres ne sont rien auprès de ces gens-ci.

LISETTE.

Pourtant j'augurais bien de ton riche Gernance ;
Ne t'accorda-t-il pas beaucoup de confiance ?

PASQUIN.

Non, nous fûmes bientôt l'un de l'autre lassés,
Et réciproquement nous nous sommes chassés :
Depuis lors, comme toi j'ai fait vingt tentatives,
Croyant fixer du sort les faveurs fugitives ;
J'ai servi le préfet, l'auditeur, le robin,
Le chambellan, le juge, et tout le monde enfin,
Tantôt vêtu du frac, tantôt de la livrée ;
Car, à tous les habits, ma taille est préparée :
Aucune chance heureuse à moi ne vint s'offrir ;

Et vraiment, de nos jours, on ne sait qui servir.

Pendant deux mois entiers j'appartins à Montbrune,

Possesseur, à vingt ans, d'une immense fortune;

Chez ce jeune Crésus j'espérais m'arrondir,

Et gouverner son ame au gré de mon desir.

« Monsieur, lui dis-je un jour d'un ton plein de tendresse,

Vous avez tout, argent, esprit, beauté, jeunesse;

Eh bien ! à ses faveurs la fortune, entre nous,

Vient de mettre le comble en me donnant à vous:

Voulez-vous être heureux, comme l'étaient nos pères,

Sachez tirer parti de mes vieilles lumières;

Je puis faire de vous un aimable Français:

Ne m'assimilez pas aux modernes valets,

Hommes sans caractère et fort plats domestiques;

Pour moi, des vrais Pasquins j'ai toutes les rubriques. »

LISETTE.

Eh bien ! du sort heureux de tes prédécesseurs

N'as-tu pas près de lui retrouvé les douceurs?

PASQUIN.

Il reçut mes avis avec indifférence;

Et, méprisant mon zèle et mon expérience,

Le jeune homme voulut marcher avec le temps.

Comme tout a changé! jadis les jeunes gens

Étaient légers, mais bons, étourdis, mais sensibles;

Ceux-ci sont dédaigneux, tranchants, vains, irascibles;

Et, pleins de suffisance et de fatuité,

Ils ignorent la grâce et même la gaîté.

Penses-tu que Montbrune, atteint d'une amourette,

Daignât me confier cette intrigue secrète,

Et, qu'armés d'une échelle et couverts d'un manteau, (1

Nous fussions sourdement assiéger un château;

Ou, la nuit dans Paris, sous les murs d'une belle,

Jouer de la guitare et soupirer pour elle?

Non; le nouveau régime exclut le sentiment,

Et l'amour aujourd'hui se fait bien autrement.

Lisette, dans ce siècle, il n'est plus de Cerbères,

Et messieurs les portiers sont gens fort débonnaires.

Du haut d'une muraille à quoi bon se jeter?

Un escalier fort doux, par où l'on peut monter,

A nos sages amants offre un accès facile;

Pour eux, le romanesque est un luxe inutile;

Pourquoi se voir la nuit? on se voit tant le jour!

Enfin pourquoi, Lisette, aurait-on de l'amour,

Lorsque, pour le plaisir, il n'est plus nécessaire ?
Voilà, ma chère enfant, ce qui me désespère !
Tous les cœurs sont blasés, et les nouvelles mœurs
Ont perdu notre état et causé nos malheurs.
Mais bientôt je servis un major en retraite,
Qui ne rêve qu'assaut, n'a que combats en tête :
Si la paix continue, il mourra de langueur.
J'ai vainement tenté d'adoucir son humeur;
Il me traitait fort mal ; et, d'un bras assez rude,
Me battait par respect pour sa vieille habitude.
Mon père m'a bien dit que les coups de bâton,
Du temps de mes aïeux, étaient d'assez bon ton;
Les maîtres un peu vifs, mais au fond très bons diables,
Dédommageaient des coups par des bienfaits durables;
Tandis que mon major, tout en me rudoyant,
Réduisit de moitié mon mince traitement.
J'abandonnai le poste ; et, las des gens de guerre,
Je voulus essayer d'un plus doux caractère.
J'entrai chez un savant, devenu sénateur;
Rien n'était plus pédant que ce nouveau seigneur :
Je l'honorais toujours de son titre de comte;
Cela lui plaisait fort, et j'y trouvais mon compte.

Le Roi le nomma pair ; c'était beaucoup d'honneur :
Comme il n'espérait pas cette insigne faveur,
Tu juges des transports de son ame enivrée :
Mais ce triomphe, hélas! fut de courte durée ;
L'épreuve des cent jours égara sa raison :
Infidèle aux serments, fidèle à la maison,
Il voulut rester pair malgré les bienséances,
Et du nouveau-venu poursuivre encor les chances.
Le jour où, du sénat mettant le vieil habit,
Il allait au Château rattraper son crédit,
« Vous embrassez, lui dis-je, une cause éphémère :
Monsieur, croyez-moi donc, vous gâtez votre affaire. »
Mais je prêchais un sourd ; et mon vieillard chagrin,
S'emportant contre moi, me traita de faquin.
Quoique *très bien pensant*, j'eus part à ses disgrâces,
Tous deux, trois mois après, nous perdîmes nos places.
Tu vois, de nos conseils on prétend s'affranchir ;
Et, faute de nous croire, on se perd à plaisir.
Je quitte pour jamais cette ingrate carrière ;
Mais de ma liberté, dis-moi, que dois-je faire?
Je la mets à tes pieds, daigne me la ravir,
C'est toi seule aujourd'hui que je voudrais servir.

LISETTE.

Mais je n'ai point d'aïeux; et cette différence...

PASQUIN.

L'esprit répare en toi les torts de la naissance.

LISETTE.

Puisqu'il en est ainsi, Pasquin, marions-nous!
Et chez mes vieux parents allons planter des choux!
Mais, dis-moi franchement, auras-tu le courage
De suivre ta Lisette au fond de son village?

PASQUIN.

Comment? je te suivrais au bout de l'univers!

LISETTE.

Eh bien! séparons-nous de ce siècle pervers;
Et, sous mon humble toit, où règne un peu d'aisance,
Tu te consoleras de ta mésalliance.

COMMENT FAIRE UNE COMÉDIE?

J'ai lu ton Dialogue, il est vraiment comique;
Et ta Muse, à-la-fois enjouée et caustique,
Nous fait des mœurs du jour un fidèle portrait :
Quand on a, comme toi, la finesse du trait,
Pourquoi ne pas prétendre aux faveurs de Thalie ?
De tes tableaux badins qu'elle soit embellie :
Peins nos goûts dépravés, nos vices, nos travers!
Mademoiselle Mars dirait si bien tes vers!
Et l'aimable Fleuri, dont l'âge nous désole,
Peut-être à ma prière accepterait un rôle.
—Fort bien; mais, pour courir la chance des sifflets,
Pourras-tu me fournir quelques nouveaux sujets ?
Ou bien, me faudra-t-il, transportant, de Séville,
Rosine et Bartholo dans les murs d'Abbeville,
Par de plats changements, et de noms et de lieux,
Tromper des spectateurs la mémoire et les yeux.

Les tuteurs sont usés, les pupilles vieillissent,
Et je plains de bon cœur ceux qui les rajeunissent.

Irai-je, de Regnard servile imitateur,
Dérober un Crispin à ce charmant auteur;
D'emprunts mal déguisés, fatigant le parterre,
Opposer un Tartufe à celui de Molière;
Et, dans tous ses tableaux, pas à pas le suivant,
Supprimer un tapis pour mettre un paravent?
Nouveau Dorat, irai-je, affadissant la scène,
Peindre encore un Damis aux pieds de sa Climène;
Et consumer ma verve en efforts superflus,
Pour chanter des langueurs que l'on ne connaît plus?

Peindrai-je ces valets, ces malignes soubrettes,
A servir les amours autrefois toujours prêtes,
Quand les hommes du jour sont assez intrigants,
Pour pouvoir se passer du secours de leurs gens?
Ainsi, de nos auteurs les tableaux, souvent pâles,
Sont dépourvus de force et de couleurs locales;
Et nos neveux un jour, malgré tous nos excès,
Croiront que leurs aïeux étaient des gens parfaits;

A moins que de Clio le pinceau plus sévère
Ne révèle un secret que sa sœur veut leur taire.
—Eh bien ! prends tes sujets dans les nouvelles mœurs ;
Personne ne t'oblige à les chercher ailleurs ;
Et nos départements, et la cour, et la ville,
Ne sauraient-ils t'ouvrir un champ assez fertile.
—Oui, c'est un riche fonds qui n'est point exploité ;
De le faire valoir personne n'est tenté :
Et tu veux qu'aujourd'hui ce soit moi qui commence !
Mon cher, ils ne sont plus ces beaux jours de la France,
Où nos premiers auteurs, des sots indépendants,
Sous une auguste égide abritaient leurs talents ;
Où les hommes titrés, aimant beaucoup à rire,
Et ne s'offensant point des jeux de la satire,
S'amusaient des tableaux de leurs travers nombreux,
Que très exactement ils rapportaient chez eux.

A présent, au théâtre, un courtaud de boutique
S'indigne sottement d'un trait un peu comique :
Eh ! n'avons-nous pas vu l'auteur des *Calicots*,
Menacé l'autre jour d'expier sur son dos
D'un costume usurpé l'innocente peinture ;

Était-ce à ces Messieurs faire une grande injure ?
L'auteur attaquait-il leurs mœurs, leur probité ?
Déplorables effets de cette vanité
Qui, des Français, changea l'aimable caractère !
Mais que serait-ce donc si, frondeur plus austère,
On osait s'élever, du burlesque éperon
Qui d'un commis-marchand aguerrit le talon,
Jusques au grand seigneur, dont la molle indolence
Consume autour d'un creps son oisive existence,
Érige en un tripôt son hôtel fastueux,
Et déshonore un nom qu'il tient de ses aïeux ;
Plaisir de mauvais goût et funeste manie
Qui ne s'anoblit point en noble compagnie.

Oserai-je, après lui, variant mes portraits,
Présenter au public la dame du palais,
Que l'on vit, par calcul, honteusement soumettre
La fierté de son sexe aux caprices du maître ;
Mendier un regard, disputer la faveur,
Et l'acheter souvent aux dépens de l'honneur ?
Dirai-je les excès de sa folle dépense ;
Le mari déplorant sa sotte extravagance ;

Et se privant de tout, au fond d'un vieux château,
Dans l'espoir d'acquitter les mémoires d'Herbeau.

Pour égayer la scène, aurai-je l'imprudence
D'offrir ces jeunes gens, remplis de suffisance,
Qui, trop tôt d'écoliers devenus magistrats,
Et chargés à vingt ans de régir des États,
Allaient, au nom du maître, opprimer l'Allemagne,
Gourmander la Pologne et franciser l'Espagne.

Me conseilleras-tu de peindre avec vigueur
Du ci-devant empire un ci-devant seigneur,
Ministre, aux gens de bien toujours inaccessible,
Pour se rendre important se rendant invisible,
Dont l'esprit équivoque, et souvent emprunté,
Déguisait assez mal la médiocrité;
Et qui, pour se venger des plus justes déboires,
Dans son exil, dit-on, rédige des mémoires?

Enfin, pour déchaîner contre moi les sifflets, (1
Que je veuille, attaquant Thémis dans son palais,
Peindre les avocats de la moderne école,

Qui, n'abusant que trop de l'art de la parole,
Proclament hardiment, aux yeux de tout Paris,
Les principes pervers dont leurs cœurs sont nourris.
Sois sûr que nous verrons, dans les flots du parterre,
Un jeune essaim de clercs me déclarer la guerre,
Jusques à mon hôtel me poursuivre en fureur,
Et bientôt susciter vingt procès à l'auteur.

Il est mille sujets de bonne comédie,
Dont pourrait s'emparer une Muse hardie :
Le public ombrageux comprime le talent;
Et, grâce à notre orgueil, l'emploi reste vacant.
Ainsi, n'exige pas que j'aille, pour te plaire,
Du théâtre affronter l'épineuse carrière,
Et faire dire aux gens, qu'aigrissant les esprits,
Je veux troubler la paix, réveiller les partis.
Laissons de nos débats se calmer le délire;
Attendons qu'à Paris il soit permis de rire;
Et que Thalie enfin puisse, en dépit des sots,
Rattacher son vieux masque et ses légers grelots.

____

NOTES DE LA NOBLESSE.

1) Vous n'avez point montré la même intolérance
Quand les nobles nouveaux ont inondé la France.

L'irruption fut si forte, et le travail si précipité, que les personnes nouvellement titrées avaient elles-mêmes de la peine à se reconnaître. On en jugera par l'anecdote suivante :

Un jour, monsieur le sénateur.... arriva chez sa femme, et lui dit avec beaucoup d'agitation : « Ma chère amie, tu es comtesse de P....; je reçois à l'instant mon brevet; je ne dîne point avec toi, mais nous nous rejoindrons ce soir au cercle de M. ***** ». A ces mots, il la laissa, sans s'inquiéter de la révolution que pouvait lui causer une joie trop subite. Cette dame fut très long-temps à se remettre de son saisissement, et dans ce trouble délicieux, elle oublia complètement le nouveau nom de son mari. M. **** avait un huissier qui joignait à l'organe le plus sonore une mémoire prodigieuse; il recevait l'ordre de donner exactement aux personnes du cercle le titre et le nom qu'elles avaient reçus le matin. C'était une recherche politique et délicate de son maître. Quand la femme du sénateur se présenta, il ne manqua pas d'annoncer madame la comtesse de P....; celle-ci, qui ne se rappelait plus de son nom, se rangea pour laisser passer la comtesse, et l'huissier fut obligé de lui dire : « Mais, Madame, entrez donc, c'est vous que je viens d'annoncer. »

2) Pourtant, que de pamphlets, que d'odieux écrits
D'un poison dangereux infectent les esprits

S'il est des gens qui se flattent que ces brochures, remplies d'idées révolutionnaires, ne passent point les barrières de Paris, qu'ils se désabusent. Ce poison circule dans tous les pays et dans toutes les classes. Dernièrement, me promenant à cheval à quelque distance de mon habitation, située à cinquante lieues de Paris, je m'arrêtai dans une ferme bien solitaire : qu'on juge de ma surprise, lorsque mes yeux se portant sur une tablette, j'aperçus plusieurs de ces brochures pernicieuses; je remontai tristement à cheval, en me disant, « pauvre chaumière ! »

> 3) Et ne dirait-on pas, en lisant ces brochures,
>   De rêves libéraux, plates caricatures.

J'en suis fâché pour les philosophes du jour, mais les Mémoires de Mme. d'Épinay sont une rude atteinte portée à leurs chefs de secte. Cette dame, il faut en convenir, traite avec une grande irrévérence ces oracles du dernier siècle : on ne dira pas que ce soit faute de les bien connaître, puisque la plupart des membres de cette coterie vivaient dans son intimité. Nous n'avions pas besoin, sans doute, de ces nouvelles révélations pour être bien fixés sur l'orgueil, la personnalité et la petitesse de ces prétendus philosophes; mais comme le cœur humain n'a point de profondeur où les regards d'une femme spirituelle ne puissent plonger, nous les voyons dans leur deshabillé, et se reposant des fatigues d'un rôle bien souvent au-dessus de leurs forces : grâces à la franchise de Mme. d'Épinay, nous connaissons tous les secrets des coulisses.

> 4) Ce n'est point à Paris que, discoureur futile,
>   On doit contre le rang répandre ainsi sa bile.

Il faut rendre justice à la société de Paris, c'est la ville d'Europe où l'on se montre le plus indifférent aux distinctions du rang, et même à l'éclat de la richesse : le point capital est d'être aimable et amusant; on vous sait plus de gré d'un trait d'esprit, que d'un nom plus ou moins brillant; le plaisir y est bien plus accrédité que le blason, et même dans l'ancien régime le bon ton, une éducation soignée, effaçaient les nuances du rang, et l'égalité était mieux comprise dans un salon de 1788, que dans un club de 93. Il est donc plus injuste à Paris, que partout ailleurs, de déclamer sans cesse, dans les écrits et dans les discours, contre une classe qui n'a maintenant d'autres torts que celui d'avoir perdu tous ses priviléges; ce qui fait ressortir d'une manière plus odieuse l'implacable haine de ses ennemis; car enfin, les éléments de 89 manquent aux factieux. Il est moins facile qu'on ne pense de révolutionner le lendemain d'une révolution.

> 5) Contre un clergé sans biens quel noir démon conspire,
>   Et de quatre-vingt-neuf réveille le délire.

Allez à la comédie française le jour d'une représentation d'OEdipe, et vous verrez la salle prête à s'écrouler lorsque l'acteur prononce ce vers:

> Nos prêtres ne sont point ce qu'un vain peuple pense, etc.

Assistez à la représentation de l'Homme du jour, et à ce vers:

> C'est un abbé, Monsieur. — Un abbé.

Et vous entendrez le parterre crier, applaudir et piétiner avec une inconcevable fureur.

En vérité, l'homme sensé ne peut se défendre de jeter un regard de pitié sur ces jeunes gens qu'on ferait rougir de leur honteux déchaînement, si, les prenant un à un, on leur demandait froidement raison de cette haine contre tout ce qui rappelle la religion, et, par conséquent, contre la religion elle-même. Supposons qu'un étranger, arrivé le matin à Paris des contrées les plus lointaines, assiste, le soir même, à une de ces représentations sur le premier théâtre du monde, et au sein de cette grande nation (car, Dieu merci, nous ne disons pas des injures), et qu'étonné des clameurs du parterre, il en demande la cause à son voisin; si ce dernier lui répond, avec bonne foi, que ces bruyantes démonstrations ne sont dues qu'à une profonde aversion contre la religion et ses ministres, que pensera de nous cet étranger? S'il nous juge sur cette première impression, de retour dans son pays, il dira donc à ses compatriotes que nous sommes un peuple d'Athées.

Je ne vois rien de plus affligeant pour nous que ces éclatantes parades d'impiété : c'est perdre tout sentiment de pudeur publique. Du temps des premiers empereurs à Rome, certes déjà les mœurs étaient bien corrompues, et Tacite en a tracé l'effrayante peinture ; cependant voyons-nous dans les annales, ou dans les autres histoires contemporaines, que les Romains s'oubliassent au point de faire éclater, dans les théâtres et dans les cirques, un mépris insultant contre la religion et les prêtres : et quelle religion ! il y avait quelque mérite à ne point rire au nez de Vénus et de Mercure ; il nous était réservé d'outrager ainsi publiquement tout ce qu'il y a de plus sacré parmi les hommes. A cet égard comme à quelques autres, aucun peuple ne peut nous disputer les honneurs de l'invention.

> 6) N'est-ce pas lâchement battre les gens à terre,
> Et sans gloire aux vaincus faire une injuste guerre ?

En effet, n'est-ce pas le comble de la démence, après ce terrible naufrage qui engloutit le clergé, ses honneurs, ses richesses, que de l'outrager encore dans quelques faibles débris échappés miraculeusement aux horreurs de la tempête. Eh quoi ! les prêtres sont guillotinés et noyés par la Convention, emprisonnés et déportés par le Directoire, outragés et avilis par l'usurpateur ; et lorsqu'il reste à peine quelques ministres du culte, brisés par la vieillesse, l'exil et les privations ; lorsque les églises et les presbytères sont à peine relevés de leurs ruines ; quand, enfin, cette classe infortunée n'offre à nos yeux que des victimes, et pas un oppresseur, peut-on se flatter que les déclamations et les pamphlets dirigés contre elle aient le mérite de l'à-propos. Ne voilà-t-il pas une guerre bien glorieuse : un acharnement aussi opiniâtre que peu motivé ne trouve son explication que dans la réponse naïve d'un homme auquel on demandait pourquoi il voulait tant de mal à la noblesse et aux prêtres : « C'est, dit-il, parce que je leur en ai beaucoup fait. »

> 7) Ils étaient nos égaux ; pourtant ces bons bourgeois,
> D'un trône renversé s'arrogèrent les droits.

Je ne retracerai point ici les traits d'impertinence et d'orgueil qui caractérisèrent les proconsuls modernes dans leurs sanglantes missions; les temps qui suivirent, et l'époque actuelle, absorbent tellement l'attention publique, qu'ils désintéressent en quelque sorte du passé. Je citerai cependant deux exemples très remarquables :

Un représentant du peuple, en mission dans le Midi, exigeait que tout le monde se levât lorsqu'il arrivait au spectacle, et, afin de donner plus d'éclat à son apparition, il ne venait jamais qu'après la levée de la toile.

Presque tous les conventionnels, nommés préfets par le dernier gouvernement, exigèrent plus d'hommages, et firent observer une étiquette plus rigoureuse dans leur salon, que ceux de ces magistrats qui n'avaient point eu l'honneur de décimer la France. Étrange contraste avec la simplicité républicaine. L'un d'eux avait ordonné que les maires ne paraîtraient devant lui qu'avec les bas de soie et les souliers à boucles; un de ces derniers s'étant présenté en bottes, le matin, dans le cabinet du préfet, celui-ci regarda sa chaussure avec une affectation si marquée, que ce maire prévint une impertinence en lui disant : « Monsieur le préfet s'étonne sans doute qu'un campagnard comme moi ne soit point en sabots. »

Au fond, je ne vois pas un grand inconvénient dans la hauteur et les grands airs, parce que la gaîté y trouve son compte; on sourit de pitié dans le salon, on se moque tout bas dans l'escalier, et on éclate de rire dans la rue.

> 8) Et celui de Moreau , par ses exploits fameux,
>   Sera le juste orgueil de ses petits neveux.

Les guerres de la révolution n'offrent point de gloire plus éclatante et plus pure que celle du général Moreau; il montra toutes les vertus qui constituent le grand capitaine; il fit de grandes choses souvent avec de petits moyens, et fut toujours avare du sang français dont, après lui, on devint si prodigue; aussi, jamais la reconnaissance publique n'adressat-elle de nos jours, à aucun général, des hommages plus unanimes et plus spontanés.

Un général de la vieille garde me disait un jour; avec cette noble

franchise qui caractérise les gens de guerre : « Je vous l'avoue, mes
plus chers souvenirs se rattachent à mes premières campagnes. L'armée se montra vraiment héroïque et grande, lorsque, sur les frontières,
elle résistait à douze armées étrangères, et sauvait la France des malheurs d'une invasion. Nous n'avions pas alors, ajoutait-il, le véhicule
des titres, des ordres et des dotations ; l'unique sentiment qui agitait
nos ames et excitait nos courages, c'était l'amour de la patrie ; c'est à
cette mémorable époque que nous fûmes dignes de la reconnaissance
de nos concitoyens et de l'admiration de l'Europe entière. Mais depuis,
à parler de bonne foi, quelle obligation pouviez-vous nous avoir, lorsqu'à quatre cents lieues de notre pays, combattant pour des intérêts
qui avaient cessé d'être nationaux, nous n'étions plus que les instru-
ments de l'ambition d'un homme ? »

> 9) Qu'au retour de Louis, rouillé dans sa campagne
> Un Géronte ait bâti des châteaux en Espagne.

Les ennemis de la noblesse ont pris pour texte de leurs calomnieuses
imputations, les espérances de quelques vieillards, qui n'admettaient
point l'idée du retour du Roi sans celui de l'ancien régime, sous lequel
ils avaient vécu fort tranquilles et très heureux : mais ce fut le rêve de
cinq ou six personnes par département ; et l'on doit rendre cette justice
aux émigrés mêmes, qu'à l'époque de la rentrée du Roi ils montrèrent
généralement une véritable modération ; on ne leur en a su aucun gré,
non plus que de leur courage à supporter le malheur. Peu de gens
trouvent en eux-mêmes ce qui est nécessaire pour croire aux beaux et
nobles sentiments.

~~~~~~

NOTES DE L'AUDIENCE.

1) Les noirs dégoûts, les amères douleurs
Des malheureux solliciteurs.

Je suis très convaincu que les êtres, un peu privilégiés du côté de l'ame, seront éternellement gauches dans leurs sollicitations ; comme il faut nécessairement qu'ils sortent de leur caractère pour demander, ils y mettent une maladresse dont les hommes vulgaires ne sont point susceptibles : ainsi, non seulement le succès leur échappe, mais ils gâtent presque toujours les avantages de leur position. Placés en face d'un homme puissant, et n'ayant point l'a-plomb de la médiocrité, ils ne disent presque jamais ce qu'il faudrait dire, et, de son côté, le ministre fait rarement ce qu'il devrait faire.

2) Je crois que chez Pluton, où leur espèce abonde,
Ceux-ci seront forcés un jour
De solliciter, à leur tour,
Tous ceux qu'ils ont jadis mal reçus dans ce monde.

L'esprit qui n'est qu'observateur, et point méchant, aime à trouver des exceptions dans les travers ou les ridicules qu'il s'amuse à peindre. Parmi celles qui peuvent s'offrir, le nom de M. le comte de Mont*** vient se placer sous ma plume.

Depuis bien des années, on n'avait point vu en France, sur le théâtre des affaires publiques, un homme plus apte que ce ministre à une vaste et grande administration : arrivé au ministère de l'intérieur, après
~~~~~~

avoir occupé une des premières directions de l'État, et deux préfec-
tures où il s'était fait chérir, il porta dans cette nouvelle dignité tous
les éléments, toutes les lumières qui donnent à un ministre le moyen
de maîtriser son travail, et le mettent à l'abri des surprises; doué
d'une grande connaissance des hommes, et d'une rare sagacité, protecteur éclairé des arts et des lettres, toujours prêt à accueillir les
améliorations utiles, que n'eût-il point fait s'il eût été maître de suivre le
penchant qui l'entraînait vers toutes les idées du bonheur public : on ne
peut assigner de limites au bien qu'il eût opéré, s'il avait eu l'avantage
de servir une meilleure cause, et d'être écouté de celui qui n'écoutait
rien. Je ne suis ici que l'interprète d'une opinion à-peu-près générale
sur le compte de ce ministre. La noblesse et la justice de son caractère
le firent estimer et respecter de tous les agents qui ressortaient de son
ministère. On a bientôt deviné l'homme qui, dans l'exercice de ses
fonctions, ne s'occupe pas exclusivement de lui, et montre quelque
sollicitude pour l'intérêt des autres : qualité si rare dans ce siècle,
où la sécheresse et la personnalité se rencontrent si souvent avec
le pouvoir; et si, de l'homme de cabinet, je passe à celui du salon,
qui fit mieux que lui les honneurs d'une grande maison ? On se
rappelle encore cette noble et gracieuse figure, qui ne gardait jamais l'empreinte des nuages et des contrariétés du matin; cette mémoire fraîche qui retenait tous les noms et tous les intérêts; cette politesse extrême, digne des meilleurs temps de la grâce française, et ce
charmant entourage d'enfants élevés par une mère aussi belle que
bonne. Combien un ministre, d'une trempe si rare, faisait ressortir les
défauts qu'on pouvait reprocher à tant de gens de cette époque; jamais
on ne trouvait chez M. de Mont*** cette expression de physionomie
négative qui glace et décourage les hommes; ce détachement absolu
des autres, ce sourire amer qui semble tout prendre en pitié et arrête
la confiance; enfin, cette écorce d'égoïsme toujours odieuse dans un
homme public.

Que d'honorables souvenirs se rattachent aussi au ministère de M. le
duc de Gaë...., qui se distingua autant par ses grands talents en finance,
que par ses sentiments d'honneur, de désintéressement, et d'une par-
faite modestie au sein de ses dignités.

> 3) Mais je vois un timbre sinistre;
> C'est l'audience du ministre :
> Adieu la pièce et mes projets !

Avant la révolution, le nombre des solliciteurs était très limité; mais, depuis, toute la France s'est vue condamnée à devenir solliciteuse ou pétitionnaire; il a fallu demander ou une amélioration de sort, ou un adoucissement à ses misères. Ainsi, on peut espérer que ceux qui liront cette pièce, y verront une peinture fidèle d'une position où ils se sont infailliblement trouvés. Que de plaisirs manqués pour une audience, dont le seul résultat fut un accueil désobligeant, et le sacrifice inutile d'une charmante soirée !

> 4) Je descendais l'escalier lentement,
> Et me disais avec tristesse.

Qui n'a pas été frappé de la différence dans les manières de deux solliciteurs qui quittent un ministre? celui dont les espérances viennent de s'éteindre, descend lentement l'escalier, en se répétant à lui-même ce qu'il aurait pu dire si on l'eût laissé parler; l'autre, qui emporte avec lui la certitude d'un succès, saute les marches quatre à quatre; sa joie se peint dans tous ses mouvements; il grossit sa voix pour appeler ses gens, se précipite dans sa voiture, et va porter son ivresse chez tous ses amis, tandis que le premier paye son fiacre, et rejoint tristement sa demeure.

> 5) Pour mettre à la raison ce dieu capricieux,
> Depuis six ans sourd à nos vœux.

Cette épithète de capricieux appartient à l'amour, mais, depuis quelques années, Bacchus semble vouloir la lui disputer. J'étais excusable d'avoir un peu d'humeur contre ce dieu, et il n'est pas un propriétaire de vignes qui ne l'ait partagée.

NOTE DE L'ÉGOISTE DU CAFÉ TORTONI.

1) Remarquez ce froid personnage,
Porteur d'un assez beau visage.

Qui ne rencontre pas à Paris de ces êtres dont l'air satisfait et calme, la démarche lente et posée, la redingotte noisette sur l'habit bleu barbeau, la poudre parfumée, ou la titus régulière, semb'ent défier tous les orages de la vie. Quel est le pauvre diable que mille soucis dévorent, et qui, traversant rapidement le boulevard pour aller chez son notaire, son procureur, son banquier, et dans cinq ou six bureaux ministériels, n'éprouvera pas un peu d'humeur à l'aspect d'un de ces visages frais et impassibles, où se réfléchissent le contentement intérieur et l'absence de tout soin : rien ne me paraît plus piquant que ce contraste.

Je croyais avoir achevé le portrait de l'égoïste Cléon, je m'aperçois qu'il n'est qu'esquissé. La dédaigneuse poésie rejette des détails, que la prose me permet de confier à mes lecteurs.

Cléon a vingt mille francs de rente, qui ne craignent ni la grêle, ni les incendies, ni les faillites, ni les percepteurs.

Il dîne rarement en ville, car il redoute les charges de la société et les visites de devoir.

Son logement est sur les boulevards, au premier, assez près du café Tortoni, où il passe une bonne partie de la journée. Prévost, garçon de service, zélé et intelligent, connaît si bien, depuis quinze ans, ses goûts et ses habitudes, que les huîtres, le chocolat et la bavaroise arrivent sur sa table, sans que Cléon ait la fatigue d'une demande.

Après le déjeuner, il lit tous les journaux. L'Opéra, les Français et les Italiens occupent tour-à-tour ses soirées. Le départ de Mme. Catalani l'a beaucoup contrarié ; je le vis même assez chagrin le jour de la mort de Mme. Barilli : tant il est vrai qu'il n'y a point de bonheur parfait sur cette terre.

Un habile médecin, qui connaît bien son tempérament, entretient sans peine une santé que la nature créa bonne, et que les affections vives n'ont jamais altérée.

L'hiver dernier, je lui proposai un billet pour la Chambre des députés, en le flattant que la séance serait orageuse ; il me répondit que ces débats l'agitaient désagréablement, et qu'il ne s'en souciait pas du tout.

Cléon n'a qu'un domestique, mais quel honnête garçon ; il est de l'âge de son maître, et le sert depuis vingt ans ; il est doux, prudent, attentif, esclave de l'habitude. Avec lui, Cléon n'a pas le temps de former un désir ; prenant son maître pour modèle, il a fini par adopter ses manières, sa pose, sa démarche, et, comme il porte ses habits et son chapeau, quand ce dernier les réforme, il m'est souvent arrivé de le prendre pour Cléon ; sensible à ma méprise, B ptiste, se retournant d'un air gracieux, tirait sa montre, et me disait : « Monsieur, dans vingt-huit minutes, quatre secondes, mon maître sera dans la grande allée des Tuileries, et si vous voulez lui parler, vous ne pouvez le manquer. »

Tel est le portrait fidèle de Cléon, et j'ose espérer que ceux qui l'auront lu, diront, en le rencontrant sur les boulevards : « Le voilà, c'est lui, c'est bien lui ! »

S'il y a beaucoup d'égoïstes de sentiment, les égoïstes de conversation ne nous manquent point ; mais ces derniers, sans avoir la sécheresse de cœur qu'on reproche aux autres, sont affligés d'un amour-propre si excessif, et d'une si grande confiance dans leurs moyens de plaire, qu'ils se croient le privilége exclusif de la parole : c'est toujours leur tour ; s'ils s'en tenaient là, ils ne seraient que bavards ; mais ils ont la cruelle adresse de ramener la conversation sur eux, sur leur famille, et l'éternel *moi* vient se placer au commencement, au milieu, et à la fin de chaque phrase.

Un soir, dans un petit comité du château, en 1805, l'entretien était languissant, et l'on s'ennuyait, ce qui n'est pas sans exemple dans les cours, lorsque le prince **** essaya de ranimer la conversation par la peinture des ridicules de monsieur M...., arrivé la veille d'une mission importante. « Sire, disait le prince, monsieur M*** est un homme de beaucoup d'esprit, mais si plein de lui-même, que le mot *moi* forme deux syllabes dans sa bouche ; si quelqu'un se permet d'avoir une saillie piquante devant lui, il le regarde avec l'étonnement de n'avoir pas dit ce qu'il vient d'entendre. Un jour, j'eus le malheur de le rencontrer au Jardin des Tuileries ; nous causâmes, ou, plutôt, il me parla de lui pendant une heure ; excédé d'ennui, et voulant déjouer sa marotte, je mis brusquement la conversation sur Alexandre-le-Grand ; j'espérais au moins que, se livrant aux comparaisons, il me parlerait de Votre Majesté, lorsque m'interrompant, monsieur M.... s'écria : « Eh ! bien moi, à la place d'Alexandre, certainement moi ;...... » alors, je le quittai bien vite, et le laissai avec...... lui.

« Un ecclésiastique revêtu d'un grand caractère diplomatique, et qui avait une des meilleures tables de Paris, consultait, pour faire ses invitations, l'Almanach impérial, qu'il parcourait d'un bout à l'autre, et il recommençait quand sa liste était épuisée ; ainsi, les personnes de la cour, et des différents corps de l'État, y dînaient chacune à leur tour. Un jour, me trouvant chez lui avec nombreuse compagnie, lorsque la pendule sonna six heures (c'était une demi-heure de retard sur ses habitudes), je le vis prêter l'oreille au moindre bruit, et parcourir le salon avec des signes d'impatience ; un conseiller-d'état lui ayant demandé s'il attendait quelqu'un : « Oui, nous dit ce respectable Amphytrion, j'attends le sénateur Pléville Le Pelley. » On lui fit observer qu'il était mort depuis six mois. » Il est mort, s'écria-t-il, hé bien, qu'on serve tout de suite. »

NOTES D'UN DÉPUTÉ DE 1813.

1) A peine voyait-on quatre ou cinq boules noires
   Altérer la blancheur d'un vote obéissant.

C'était le nombre sur lequel roulait la muette et paisible opposition de ce temps-là. Cependant, il faut dire que, dans quelques rares circonstances, on vit jusqu'à cent vingt-cinq boules noires, notamment lors de la présentation de la loi sur les confiscations. Le chef du gouvernement fut d'autant plus choqué de trouver un tiers d'opposants à ses volontés, qu'il était alors en Espagne : il dut croire que quelques indépendants profitaient de son absence pour s'émanciper ; il lança de Valladolid une note officielle, où il semblait trouver très étrange que la réunion des députés portât le titre de corps législatif ; il lui prouva , comme deux et deux font quatre , que ce prétendu corps n'était qu'un simple conseil. Je transcris littéralement cette note, extraite du *Moniteur* :

Paris, le 14 décembre 1808.

Plusieurs de nos journaux ont imprimé que S. M. l'Impératrice, dans sa réponse à la députation du corps législatif, avait dit qu'elle était bien aise de voir que le premier sentiment de l'Empereur avait été pour le corps législatif qui représente la nation.

S. M. l'Impératrice n'a point dit cela ; elle connaît trop bien nos constitutions ; elle sait trop bien que le premier représentant de la nation, c'est l'Empereur, car tout pouvoir vient de Dieu et de la nation.

Dans l'ordre de nos constitutions, après l'Empereur est le sénat, après le sénat est le conseil-d'état, après le conseil-d'état est le corps législatif, après le corps législatif viennent chaque tribunal et fonctionnaire public, dans l'ordre de ses attributions ; car s'il y avait dans nos constitutions un corps représentant la nation, ce corps serait souverain, les autres corps ne seraient rien, et ses volontés seraient tout.

La Convention, même le corps législatif, ont été représentants : telles étaient nos constitutions alors ; aussi, le président disputa-t-il le fauteuil au Roi, se fondant sur ce principe, que le président de l'assemblée était avant les autorités de la nation. Nos malheurs sont venus en partie de cette exagération d'idées : ce serait une prétention chimérique, et même criminelle, que de vouloir représenter la nation avant l'Empereur.

Le corps législatif, improprement appelé de ce nom, devrait être appelé conseil législatif, puisqu'il n'a pas la faculté de faire des lois, n'en ayant point la proposition. Le conseil législatif est donc la réunion des mandataires des colléges électoraux ; on les appelle députés des départements, parce qu'ils sont nommés par les départements.

Dans l'ordre de notre hiérarchie constitutionnelle, le premier représentant de la nation est l'empereur, et ses ministres, organes de ses décisions ; la seconde autorité représentante est le sénat ; la troisième le conseil d'état, qui a de véritables attributions législatives ; le conseil législatif a le quatrième rang.

Tout rentrerait dans le désordre, si d'autres idées constitutionnelles venaient pervertir les idées de nos constitutions monarchiques.

2) Mais, un peu moins muet, monsieur le président
Parlait dans certain cas urgent.

L'obligation de réfléchir beaucoup à ce qu'on pouvait dire, et d'écrire tout ce qu'on disait, rendait l'improvisation difficile, même au président, homme d'un esprit remarquable. Un jour qu'il allait complimenter la ci-devant reine de Westphalie à la tête d'une députation, l'huissier de service, ayant une distraction, introduisit MM. les députés chez le Roi, son époux : le président d'un corps parlant n'eût pas été embarrassé de cette méprise ; il eût trouvé quelque chose d'agréable à dire au jeune monarque, mais un chef de muets devait rester court, et c'est ce qu'il fit très exactement. Le prince, qui n'était point préparé à cette visite, attendait qu'on lui adressât la parole suivant l'usage : ce silence expressif dura assez long-temps ; heureusement qu'il vint à l'idée de Sa Majesté de dire qu'il faisait froid : cette remarque devint le texte d'une conversation qui ne fut pas sans intérêt, et la députation se retira avec la certitude de ne s'être point compromise.

3) . . . .

4) Déjà notre bavard oublie
   Que le corps, dont il fait partie,
   Par un héros très obstiné,
   Au silence était condamné.

Il est probable que si ce même avocat fait aujourd'hui partie de la Chambre des députés, il a des sentiments très royalistes, ne fût-ce que par reconnaissance pour un gouvernement qui lui rend la parole.

NOTES DE L'ACHAT D'UNE TERRE
EN 1814.

(1) Déjà l'église tombe, et la maison de Dieu
N'est plus le rendez-vous des habitants du lieu!

Rien n'attriste l'ame comme la rencontre d'une église abandonnée et tombant en ruines. Il existe des départements où beaucoup de communes n'ont point de pasteurs : les curés meurent, et ne sont remplacés qu'après un long intervalle ; le plus souvent ils ne le sont pas. Cette privation des secours spirituels, qui afflige un si grand nombre de paroisses, est aussi funeste à la morale qu'au bien de l'administration. MM. les Préfets ont pu remarquer que l'exécution des lois les plus rigoureuses a éprouvé moins d'obstacles dans les communes qui avaient un curé, que dans les autres ; tant il est de l'essence de la religion de prêcher l'obéissance aux lois, dans le temps même où elles étaient en opposition avec le bonheur et la raison. C'est donc sous le double rapport de l'intérêt du gouvernement et de celui du culte, qu'on doit ardemment desirer que chaque église de France ait son desservant.

(2) Depuis plus de quinze ans j'vivons ben sans pasteur,
Et j'ons pris not' parti, c'est peut-être un bonheur.

Avant la révolution, les habitants des villes pouvaient envier à ceux des campagnes leur attachement à la religion, et la paix du cœur qui en est le prix. Rien n'était plus touchant que le respect de ces bons villageois pour leurs pastéurs, dans lesquels ils trouvaient des secours et des consolations. Lors de la première persécution des prêtres, on vit les paysans repousser avec violence les gendarmes qui venaient enlever leur desservant jusque sur les marches de l'autel. Tout a changé, grâces à l'influence des doctrines modernes. Nous avons vu ces mêmes campaguards, en 1814, et surtout dans les cent jours, se permettre des voies de fait contre les ministres du culte, les outrager jusque dans l'exercice de leurs fonctions, et demander à grands cris le signal d'une persécution nouvelle.

Le paysan qui ne sait point, comme le philosophe des villes, transiger avec sa croyance, et se créer une morale indulgente et commode, a passé brusquement des sentiments les plus religieux à une incrédulité complète; j'ai entendu de ces docteurs de village, appuyés sur leur bêche, en face de cette belle nature qui les nourrit, me dire, d'un ton capable : « Allez, Monsieur, quand j'sommes morts, tout est ben fini. » L'athéisme à la charrue est un monstre nouveau, que les doctrines de 93 pouvaient seules enfanter.

La plus hideuse immoralité a été la conséquence naturelle du mépris des paysans pour la foi de leur père. Les campagnes se sont emparées de tous les vices de nos cités, avec cette différence qu'ils y sont plus grossiers et plus dégoûtants. Dans les nombreuses réunions d'hommes, il existe encore un reste de pudeur, prise dans la crainte de l'opinion; le frein de la loi s'y fait mieux sentir; la pompe des cérémonies religieuses, le continuel aspect de la force publique, la solennité des cours d'assises, exercent une salutaire influence sur l'esprit de la multitude.

Dans les villes, les inimitiés s'exercent par des chansons, par le malicieux commérage des coteries, par des dénonciations sourdes. Mais, comme on ne connaît point dans les villages ces petits raffinements de méchanceté, on y satisfait plus vigoureusement la vengeance et la haine; et ces passions fermentent dans la solitude, où on se livre aveuglément à l'espoir de l'impunité. Les juges vous disent que la majeure partie des procédures criminelles leur vient des champs, et, encore, combien de forfaits ne sont-ils pas dérobés à la connaissance du ministère public, par la faiblesse des autorités locales : un pareil abus ne saurait être trop hautement signalé à la justice. Voici, dans la plus exacte vérité, ce qui se passe journellement :

Un assassinat est commis ; les auteurs du crime sont connus, et restent tranquillement chez eux, parce qu'ils ont la presque certitude de *s'arranger* avec les parents de leur victime. Dès qu'on est entré en marché, on va dire au maire : « Nos gens s'arrangeront : » Il répond : « Je ne demande pas mieux, car j'aime la paix, et ne veux faire de tort à personne ; » ce qui veut dire, soyez sans crainte, je ne dresserai point de procès-verbal. Enfin, l'affaire s'arrange moyennant une somme de... Les parents s'engagent à ne faire aucune poursuite, et tiennent religieusement leur parole ; souvent le malade meurt de ses blessures ; le pacte n'en est pas moins bon, et sa famille trouve fort commode d'hériter de ses biens, et de la somme qui fut le prix du silence. Ainsi, le crime reste impuni. Dieu me préserve de rien exagérer dans un sujet aussi grave. Ces exemples se reproduisent souvent dans les communes qui sont mal administrées, et on est exposé à rencontrer dans les villages un assassin, qui conserve beaucoup de sécurité, parce qu'il s'est *arrangé*.

La violation du serment était presque inconnue dans les campagnes, et aujourd'hui consultez les juges-de-paix, ils vous diront que les paysans en font un sujet de dérision, et que la justice a perdu ce grand moyen de découvrir la vérité. La religion étant toute leur conscience, la bonne foi a dû s'effacer de leur cœur en même temps que la croyance. D'ailleurs, ils ont vu tant de serments violés depuis vingt-cinq ans, que, confondant dans leurs idées le serment politique avec celui de l'homme privé, ils ne se croyent plus engagés pour avoir levé la main devant le juge.

Les voyageurs qui étudient nos mœurs, sont profondément étonnés de l'incrédulité des gens de campagne, et de la dépravation de ces hommes, que les paysans appellent des *demi-monsieur*. En effet, je ne connais rien de si hideux que ces roués de village, qui font parade de leur impiété, et qui, par l'exemple d'une scandaleuse conduite, compléteraient la corruption du paysan, si quelque chose y manquait.

B..

3) Celui-ci, de chagrins abreuve son vieux père.

C'est maintenant une charge insupportable pour un paysan que de nourrir un membre de la famille, que l'âge ou les infirmités forcent de renoncer au travail ; plusieurs expriment très franchement le désir de voir la mort les en débarrasser, et l'on juge par leurs discours, que sans la crainte des lois, ils aimeraient assez à faire subir aux vieillards l'épreuve de l'arbre, comme chez les sauvages. Il y a trente ans que cette dureté était inconnue dans les campagnes. Assis au coin du foyer, dans le grand fauteuil qui servit à son père, le vieux chef de la famille, loin d'être regardé comme un fardeau, était honoré et respecté ; on pensait que ses longues années appelaient les bénédictions du ciel sur la maison ; on savait l'aimer, le servir et pleurer sa mort.

Ce même paysan, qui nourrit son père avec humeur, et laisse mourir de sang-froid sa femme et ses enfants sans médecins, va chercher avec empressement le maréchal à quatre lieues de sa chaumière, quand ses bestiaux sont malades.

J'ai dit plus haut que la religion était la conscience de l'homme des campagnes, on peut dire qu'elle était aussi toute sa sensibilité.

Ce qu'on appelle philosophie dans le siècle précédent, après avoir gâté les hautes classes de la société, arriva jusque dans les chaumières ; elle y dessécha et endurcit les cœurs. Malheureusement plus les hommes sont ignorants, plus leurs impressions sont profondes et durables. Privé des contre-poisons que l'habitant des cités trouve dans les écrivains religieux de nos jours, ou dans d'éloquentes prédications, le villageois meurt avec ses erreurs.

4) Quand ce grand souverain, dont le siècle s'honore,
Que la France révère, et que son peuple adore.

L'histoire des temps modernes n'offre rien au-dessus de la pure et noble gloire de ce grand prince. Paris lui dut deux fois son salut, et chacun de ses pas, sur le territoire français, fut marqué par les traits d'une grandeur d'ame digne des temps héroïques.

Rien n'était plus touchant que les récits de nos prisonniers arrivant de Russie, pénétrés de reconnaissance pour les généreux secours qu'ils trouvèrent sur une terre d'exil.

Cet enthousiasme d'un grand peuple pour un souverain, qu'on peut si justement appeler l'Henri-Quatre du Nord, se fait sentir jusque dans la discipline de ses troupes. Les soldats russes étaient si convaincus que commettre des excès en France, c'était déplaire à leur prince bien-aimé, que plusieurs de nos provinces conservent le souvenir de leur modération et de leur bonne conduite.

> 5) Quoi ! ce sont là les gens dont messieurs les poètes
> Nous ont chanté les mœurs et les vertus parfaites?

Depuis Théocrite jusqu'à Léonard et Berquin, les poètes ne tarissent point dans leurs pompeuses louanges sur la bonhomie, la simplicité et les mœurs innocentes du villageois. Il y a cinquante ans que, sauf la houlette et les rubans, tout pouvait être assez vrai dans ces riantes descriptions; mais à présent que nos faiseurs d'idylles viennent dans les champs, je réponds bien qu'un séjour de six mois fera, de l'écrivain le plus langoureux, un véritable satirique.

> 6) Le cyclope titré craint de se compromettre,
> Et brusquement m'envoie à son garde-champêtre.

Je ne connais point d'institution qui atteigne moins son but, que celle des gardes-champêtres, et, sans calomnier ce respectable corps, on peut dire qu'il n'y en a pas cinquante, par département, qui remplissent exactement leur devoir. Le propriétaire ne lui a souvent d'autre obligation que de le voir chasser dans ses blés ou dans ses vignes, qu'il ne ménage point quand il se donne des camarades de chasse, ou des chiens, ce qui arrive souvent. La preuve qu'ils sont non seulement très négligents, mais même nuisibles, c'est qu'on les renouvelle sans cesse : ces changements, rarement heureux, ne servent qu'à prouver leur extrême insuffisance pour la police des champs. Comment espérer quelque sévérité d'un homme destiné à verbaliser contre son père, son frère ou son cousin; car dans les villages on est parent de tout le monde? Il est à souhaiter que le nouveau Code rural, si impatiemment attendu, contienne quelques dispositions qui rendraient cette charge des communes plus profitable aux intérêts de la propriété. On désire généralement que la place de garde-champêtre ne soit remplie que par des militaires-retraités.

Rien n'est moins observé que les règlements sur la chasse. Je ne sais s'il ne vaudrait pas mieux déclarer qu'elle est permise à tout le monde, que de laisser tomber une loi dans la plus déplorable désuétude; on éviterait au moins le scandale d'une désobéissance qui n'a point de bornes. Chaque commune a ses braconniers, qui chassent avec impunité, et font publiquement commerce du produit de leur chasse; il résulte de ce désordre, que l'homme soumis aux lois, qui a cru devoir acheter un port-d'armes, s'escrime vainement tout l'hiver pour trouver une pièce de gibier; alors, pour n'être plus dupe de sa bonne foi, il ne se met point en règle l'année suivante, et chasse sans permission, et en tout temps, afin de jouir du double agrément de ne rien payer, et d'avoir sa part de gibier comme les autres : c'est l'histoire du chien de la fable.

7) Allons ! vous plaisantez! je n'en crois pas un mot.
Il faudrait que l'on fût, ou bien traître, ou bien sot.

Si mon acheteur était moins aigri par ses tribulations et ses mécomptes, il se serait contenté de la seconde hypothèse, comme la seule admissible. En effet, le ministère de ce temps-là passa quatre grands mois à ne pas voir que le 20 mars s'organisait avec le beau sang-froid d'une conspiration qui ne prend pas la peine de se cacher. Il n'y a pas un sous-préfet du Dauphiné et de la Bourgogne qui n'ait prévu la catastrophe dès le mois de novembre 1814, et qui ne l'ait annoncée de vive-voix ou par écrit, quand toutefois son opinion lui en faisait un devoir.

Ce qui prouverait que les fautes de ce ministère tenaient à une grande naïveté, c'est la réponse d'un de ses membres à des gens qui avaient la *bétise* de s'alarmer du débarquement : « Eh! Messieurs, disait-il, c'est ce qui pouvait nous arriver de plus heureux : liés par des traités, nous ne pouvions pas aller l'attaquer dans son île, mais il vient lui-même se prendre dans nos filets ; d'honneur, je n'ai jamais si bien dormi que depuis cette nouvelle. »

Étourdis par la rapidité des événements qui se pressent, les contemporains n'ont ni assez d'indignation, ni assez de temps, pour classer les hommes et les choses ; mais on peut se faire, toutefois, une juste idée de ce que dira l'histoire, de ce que pensera la postérité, moins blasée que nous, de ces êtres qui ont joué si légèrement avec les destinées de la France.

> 8) J'ai beaucoup d'héritiers, et le tirage au sort
> Donne à chacun sa part des dépouilles du mort.

On comptait tellement sur les expropriations, que dans une très belle terre, voisine de la mienne, les gens du village allaient, en plein jour, faire des fagots dans le parc, en affectant de donner la préférence aux arbustes les plus rares. Le maire arrêta ces excès, en supposant que la terre serait donnée à l'un des principaux agents du gouvernement.

> 9) Le jour, tous ces rapports me paraissaient des fables ;
> Mais, la nuit, je faisais des rêves effroyables.

Dans les premiers jours d'avril 1815, la femme d'un des grands seigneurs des cent jours, annonça à ses amis qu'un très-haut personnage l'avait assurée que, vu la difficulté de recouvrer les dotations en Allemagne, elles seraient remplacées en France, au moyen des confiscations sur les biens des royalistes ; cette menace justifie le rêve de mon acheteur.

> 10) Ah ! qui m'eût dit qu'un jour, en cet étroit vallon,
> Je verrais les hulans fumer dans mon salon ?

On ne peut se faire une juste idée de l'abandon où quelques préfets ont laissé les pauvres campagnes pendant les invasions ; on eût dit, qu'en étant plus malheureux nous leur devenions étrangers ; tandis que pour assurer leur tranquillité personnelle, ils faisaient tout ce qui était humainement possible pour adoucir les charges du chef-lieu ; ils ne s'inquiétaient pas un seul instant de nos souffrances : que dis-je ? ils ne songeaient à nous que pour nous frapper de réquisitions, feignant d'ignorer que, dans ce moment même, de nombreuses garnisons dévoraient nos faibles ressources. Jamais ils n'eurent la charitable pensée de faire parcourir les campagnes par quelques agents chargés de nous faire connaître les véritables intentions du général ennemi, et les limites qu'il assignait aux prétentions des chefs de corps.

Nous avons passé quatre mois dans des anxiétés qui seraient difficiles à peindre, si l'on essayait de les retracer dans toute leur amertume. J'ai vu des villages entiers se réfugier dans les bois, ne pouvant satisfaire aux demandes d'un détachement arrivé inopinément, et qui exigeait ce qu'on n'avait plus ; et les malheureux habitants n'étaient réduits à cette extrémité, que faute d'être assez intéressants aux yeux du préfet, pour qu'il daignât dérober, en leur faveur, une heure par jour, à ses sollicitudes exclusives pour le chef-lieu. Les départements dont je parle n'étaient point le théâtre de la guerre ; la paix était signée ; les corps autrichiens étaient soumis à la plus sévère discipline, et je pense que rien n'était plus facile que de soulager nos maux, si on eût consenti à s'en occuper. Nous n'avions pas besoin de ces deux redoutables épreuves pour être convaincus qu'on ne connaît plus guère en France ce sentiment de bienveillance réciproque, et cet esprit de famille, qui portent les hommes à s'entr'aider dans leurs malheurs.

~~~~~~

NOTES DES ENNUIS DE PARIS EN 1817.

————

1) Quelques instants d'épreuve ont lassé son courage :
Il n'y peut plus tenir : « Mon voisin, bon voyage! »

J'en demande pardon à notre nouvelle manière de voir et de sentir, mais nos pères entendaient mieux que nous le bonheur et la vie; ils rendaient leurs plaisirs plus rares pour mieux les savourer; au lieu d'attendre le mois de septembre et la saison des chasses pour se rendre à la campagne, ils y passaient huit mois de l'année; quelquefois même ils avaient le courage d'y affronter l'hiver, et leur fortune s'en trouvait bien : c'est dans cette vie de château, toute consacrée au bonheur domestique, qu'ils allaient retremper leur ame, et lui conserver cette énergie que nous enlèvent le frottement continuel de la société et la fatigue de ses devoirs. Les femmes, laissant reposer leur coquetterie, s'occupaient de l'administration de leur maison et de l'éducation de leurs enfants. La lecture de nos chefs-d'œuvre, les correspondances aimables qu'elles avaient entr'elles, nourrissaient et fortifiaient leur esprit; elles rapportaient à Paris un visage frais, une ame satisfaite, et mettaient plus de prix aux jouissances qu'elles avaient su quitter. Si l'amour venait quelquefois troubler leur repos, c'était cet amour dont les peines et les douceurs font un véritable sentiment : une seule passion décidait souvent du bonheur de toute leur vie. Avouons-le donc franchement; il y avait plus d'êtres séduisants dans ce temps-là
~~~~~~

que dans le nôtre : l'esprit ne nous manque pas, mais nous avons perdu ce je ne sais quoi qui donnait tant de prix à des réunions que les étrangers nous enviaient, et dont ils aimaient à partager l'agrément.

Je n'oublierai jamais une conversation de monsieur de Font....s, qui, doué du tact le plus délicat et d'un esprit vraiment supérieur, a pu apprécier la grande différence des temps : Dans ma jeunesse, disait-il, je me suis souvent surpris hésitant dans le choix de mes soirées, plusieurs m'attiraient également; ce n'est pas le souper qu'on allait y chercher, car il était des plus simples, mais c'était la grâce de la maîtresse de la maison, la gaîté vive et franche des convives, enfin ce plaisir délicieux de la causerie, qui n'était bien connu qu'en France ; à présent j'éprouve un embarras tout contraire, et faute d'un attrait réel, je reste chez moi.

Si un séjour trop prolongé à Paris peut nuire au bonheur, il ne porte pas moins atteinte au talent sans cesse contrarié, ou distrait par les devoirs de société, la diversité des plaisirs, et le mécanisme de la vie, plus compliqué à Paris que partout ailleurs. Le moyen de se livrer à des méditations profondes, et de développer suffisamment sa pensée, dans une ville où l'on est assourdi par un bruit infernal et continuel. Si ce n'est qu'à Paris qu'on peut véritablement étudier les hommes et les mœurs, ce n'est aussi que dans la retraite qu'il est possible de les peindre d'une manière remarquable ; l'esprit se blase sur les travers de la société, quand on passe toute sa vie avec eux ; les nuances délicates lui échappent, et il tombe, sans s'en apercevoir, dans les redites et les canevas usés ; ce n'est qu'en face des magiques tableaux de la nature que l'imagination peut avoir le secret de sa puissance, et jouir de la plénitude de ses moyens. La tragédie des Templiers fut conçue et composée dans les riantes campagnes de la Provence, l'opéra de la Vestale dans les plus beaux environs de Paris, et le Tyran domestique dans une jolie maison de campagne de l'auteur : certes, ce sont trois autorités assez bonnes pour dégoûter les écrivains des tristes murailles où ils enferment et étouffent leurs talents.

Je ne terminerai point cette note sans citer, comme une des plus puissantes influences de la solitude sur le génie, l'immortel et sublime ouvrage qui jette tant d'éclat sur le pâle horizon de notre littérature actuelle.

2) Dans son petit hôtel, cette antique beauté
Prolonge son empire à l'aide de son thé.

On connaît la manie de beaucoup de dames parisiennes, d'avoir ce qu'on appelle *un jour;* mais comme souvent elles ne possèdent point la grâce et le charme qui attirent, il arrive que peu de personnes prennent ce jour, et qu'elles sont à-peu-près seules dans leur salon. Qui n'a pas été pris à ces invitations faites avec une sorte d'emphase, et comment résister à une femme qui vous dit impérativement : « N'oubliez pas mon *lundi?* » Il arrive ce lundi; précisément Talma et Mlle. Mars jouent ce soir-là : on renonce avec regret au plaisir de les entendre; on quitte péniblement les bottes pour les bas de soie, et il faut se rendre dans un salon morne et silencieux, où se trouvent cinq à six personnes, dont l'ennui vous gagne en entrant.

Une maîtresse de maison se fait illusion, comme le poète le Mierre, lorsqu'on jouait ses pièces; elle vous dit: « C'est le temps, c'est un concert, c'est une première représentation; lundi prochain j'aurai beaucoup de monde, et il y aura un thé. » En effet, c'est le moyen banal pour rompre l'uniformité d'un cercle. Combien de femmes, avec très peu de fortune, ne sacrifient-elles pas l'aisance du mois pour les gâteaux du jour !

Je me trouvai, il y a quelques années, dans un de ces salons. A la fin de la collation, il y eut un déficit de sucre; la soirée fut assommante, mais comme il faut se montrer reconnaissant, même pour l'ennui, je fus le lendemain faire ma visite; j'arrivai très mal à propos; une femme de chambre se débattait aigrement avec les fournisseurs, qui ne voulaient pas laisser vieillir leurs comptes : on m'annonça pendant l'entretien; la dame sortit plusieurs fois, et rentrait avec un air d'agitation; j'étais là comme un inconvénient de plus; mais ce qui en fut un véritable pour moi, c'est que la maîtresse de la maison finit par m'emprunter dix louis.

> 3) Le cercle est fort nombreux, la soirée est brillante,
> Il ne lui manque rien, sinon d'être amusante.

Si le gouvernement représentatif n'excluait pas toute idée de despotisme, il serait assez plaisant d'exiger que les salons de Paris fussent fermés à minuit. Je les ai vus ces salons, et j'ai remarqué qu'il n'y a rien de si pernicieux que ces gens affligés d'insomnie qui passent la nuit à bavarder. Depuis dix heures jusqu'à minuit, la pièce nouvelle, la mode du jour, la brochure du matin et la séance de la veille, alimentent la conversation; mais ce moment passé, les bâillements avertissent que l'heure du repos est sonnée, et, pour déjouer ce besoin pressant de la nature, il ne reste plus que la ressource de la plus épouvantable médisance : l'inamusable maîtresse de la maison, qui veut à tout prix qu'on la tienne éveillée, met en avant une victime, comme elle offrirait une carte : chacun s'en saisit, et les noirceurs et les calomnies vont leur train; tant pis pour les absents, personne n'est respecté. Que de bonnes gens dorment tranquillement, sans se douter qu'ils sont dénigrés par une douzaine d'impertinents qui payent l'excellent dîner du jour, ou celui du lendemain, en s'efforçant à tout prix d'amuser Madame.

Cela me rappelle que M. de Marsollier, homme aussi estimable que spirituel, disait : « Il y a dans ce pays des salons d'une méchanceté telle que, les jours où je suis forcé d'y aller, je m'arrange pour en sortir le dernier. »

> 4) Le Brésil, insurgé pour la plus noble cause,
> A jamais de son roi se rend indépendant.

Je me trouvais à Paris lors de la nouvelle de l'insurrection du Brésil : que de tableaux piquants s'offrirent ce jour-là au tranquille observateur des passions humaines; on rencontrait des visages qui, de sombres qu'ils étaient la veille, devenaient resplendissants; on se souriait en s'abordant, on s'adressait des félicitations.

Il n'est pas d'absurdités qui ne se soient dites à cette époque, et les départements, singes fidèles de Paris, ne déraisonnaient pas non plus trop mal : cet enchantement ne fut pas long; il eût le sort des rêves. On s'amusa dans le temps des bons bourgeois du Marais, qui croyaient encore les Prussiens en Champagne, quand notre armée était dans Mayence. De certaines gens caressent aujourd'hui leurs illusions avec la même naïveté. Rien ne paraît incroyable aux hommes qui jugent des événements avec la lunette de leurs passions. Dans un siècle où les fortunes furent si rapides, les ascensions si nombreuses, l'ambition reste toujours éveillée. Il est des hommes qui, honteux de la médiocrité de leur position et de leur mince célébrité, ne se découragent pas aisément; ils entrevoyent une amélioration de sort, dans un désordre quelconque, et j'en ai vu même ne pas rester insensible au récit d'une sédition contre le dey d'Alger.

Les écrivains qui sont obligés par état de se livrer froidement à une exagération qui n'est pas plus dans leur ame que dans leur tête, ne se doutent guère de la terrible impression qu'ils produisent sur une foule innombrable de niais, qui sont complètement leurs dupes. A l'époque des nouvelles du Brésil, je me trouvais dans un salon dans lequel huit ou dix personnes étaient vivement agitées par la lecture d'un journal qui avait produit un effet incroyable; on était monté au plus haut degré d'exaltation; le lendemain, un intérêt étranger à la politique me conduisit chez le rédacteur de l'article. L'esprit frappé de la scène de la veille, je crus que j'allais trouver un énergumène : quelle fut ma surprise en voyant un homme bien doux, dont la figure respirait le calme le plus parfait et une grande bonhomie; je lui parlai alors de son article que je me permis d'improuver : « Que voulez-vous, me dit-il, je ne pense pas un mot de tout ce que j'ai dit; mais ils le veulent; ils savent que j'écris avec facilité, que mon style se prête assez à tous les genres, et ils en abusent; je les avais suppliés de me donner la partie littéraire, qui me plaît beaucoup, mais cela n'entre point dans leurs arrangements. » Cette réponse me désarma; mais je fis la réflexion que des milliers de mauvaises têtes étaient chaque jour agitées par un homme qui ne l'était pas du tout.

5) Eh bien ! ou ce pays, que l'on nous vante tant,
A peu de chose près voilà ce qui m'attend.

Paris est un pays charmant pour les personnes qui sont riches, et
pour celles qui n'ont rien ; il offre aux unes toutes les jouissances de la
vie, et aux autres toutes les probabilités d'une amélioration de sort ;
mais que de familles, dont l'existence repose sur quatre ou cinq mille
francs de rente, s'obstinent à manger ce petit revenu sur le pavé brû-
lant de Paris, qui se résignent à rencontrer à chaque pas des comparaisons blessantes, et à voir tous leurs jours marqués par des privations !
c'est ce que je ne saurais comprendre. Combien l'équilibre d'une petite
fortune est bientôt rompu, lorsque de toutes parts de nombreuses
affiches de spectacle, des magasins brillants, des réunions nombreuses,
semblent vous dire : « Achetez et amusez-vous ; » ce qui veut dire :
« dépensez au-delà de vos moyens, et ruinez-vous ; » et, alors, si
on n'a pas le courage de résister à cette séduction, que d'inquiétudes,
que de tourments, que d'efforts et d'amers sacrifices pour retrouver le
niveau perdu par des dépenses folles ou, au moins, inconsidérées. Mais,
pour passer de cet affligeant tableau à des images plus douces, placez
une de ces familles à la campagne, ou dans une petite ville, vous
verrez de suite toutes les aisances de la vie remplacer la gêne et les
privations ; de triste et inconnue qu'elle était dans un quartier peu
vivant de la capitale, elle deviendra une des plus considérées de sa
nouvelle résidence ; un logement étroit et incommode se changera en
une maison riante et gaie ; le petit parterre de la croisée, en un joli
jardin ; enfin un contentement parfait, et tous les charmes du bonheur
domestique, la dédommageront, au centuple, des plaisirs dont elle
ne jouissait qu'en peinture dans la bonne, mais très chère ville de
Paris.

NOTES DU VOYAGE AU CHEF-LIEU,
EN 1815.

1) J'arrive, et je rencontre un monsieur Théophile,
   Qui, m'ayant vu deux fois, m'appelle son ami.

Cette promptitude de liaisons est très commune dans les petites
villes, et provient de l'oisiveté et de l'ennui : on se voit tous les jours,
on se rencontre à toutes les heures, et on finit par se lasser les uns et
les autres. Quand un étranger se présente, il reçoit deux sortes d'ac-
cueils : les caractères faciles se jettent à sa tête ; les gens timides, et
armés d'une espèce de sauvagerie provinciale, reculent à son aspect ;
les uns en font trop, les autres pas assez : voilà les petites villes.

2) La dame du logis, grotesquement parée,
   Me reçoit gravement, m'engage à me couvrir.

Une chose que je n'ai jamais pu m'expliquer, c'est qu'en général,
les mœurs offrent moins d'élégance dans les villes qui avoisinent Paris,
que dans celles des provinces éloignées ; il en est où la brusquerie du
ton, l'absence des bonnes manières, celle de toute espèce de goût pour
les arts et les belles-lettres, feraient supposer qu'elles n'ont aucune
communication avec la capitale, ou qu'elles ont échappé à l'influence
du voisinage.

NOTES DU CORDON.

1) De ces beaux lieux, l'aimable déité,
   Qui, par ses grâces, sa bonté,
   Des Français fut vraiment chérie.

J'ai vu peu de femmes posséder autant de grâces et de séduction que Mme. Joséphine Buonaparte. Bienveillante pour tout ce qui l'approchait, elle semblait vouloir se faire pardonner son élévation, par cette affabilité qui subjugue les cœurs. Sans avoir une mesure d'esprit remarquable, elle était douée de ce tact délicat qui peut en tenir lieu ; elle avait cette bonté touchante, ce désir continuel de plaire, sans lequel les femmes ne sauraient être aimables ; sa fille a hérité de toutes ses grâces ; elle y joint beaucoup d'esprit, un goût éclairé pour les arts, et des talents qui donnent un grand charme à sa société.

2) Mais six ordres ! voilà de quoi tourner la tête ?

Dans l'hiver de 1809, presque tous les biens de la confédération vinrent à Paris. Une anecdote peu connue se rattache à cette époque.

M. le comte Mareschalchi donnait un bal dans son hôtel des Champs-Elysées ; les voitures s'y rendaient par les banquettes, le milieu du chemin était réservé aux puissances ; l'affluence était considérable ; on arrivait difficilement, et quelques personnes, pour échapper aux lenteurs de la file, prenaient le pavé ; le domestique nommait vaguement un roi, et la sentinelle, un peu novice, laissait passer : cette super-cherie s'était renouvelée plusieurs fois, lorsque le Roi de **** se présenta ; le soldat, croyant qu'on se jouait de lui, arrête brusquement la voiture, en s'écriant avec humeur : « Encore un Roi, en voilà déjà vingt-cinq que je compte ; c'est aussi trop fort, vous ne passerez pas. » Malheureusement cette sévérité tardive s'adressait à un vrai Roi ; comme il était d'une grande modération, il ordonna qu'on prît la file, et arriva très tard au bal.

NOTE DE LISETTE ET PASQUIN.

---

1) Et, qu'armés d'une échelle et couverts d'un manteau,
Nous fussions sourdement assiéger un château.

Une jeune femme, devant laquelle on parlait un jour des sentiments romanesques du temps passé, et des dangers que bravait souvent un amant bien épris, disait fort naïvement: « Mais c'était un vrai casse-» cou que l'amour de ce temps-là, et, ne fût-ce que par humanité, on » doit préférer la nouvelle manière. »

NOTE

DE COMMENT FAIRE UNE COMÉDIE ?

1) Enfin, pour déchaîner contre moi les sifflets,
Que je veuille attaquant Thémis dans son palais.

Si l'on pouvait me reprocher d'avoir peint avec des couleurs trop fortes le dérèglement d'imagination de quelques jeunes avocats, qui ne peuvent plaider sans outrager la raison et les principes constitutifs de l'ordre social, je m'appuierais de l'éloquent discours prononcé à la rentrée de la Cour royale de Paris, le 4 novembre 1817, par M. le Procureur-général, et dont on me saura gré de citer ici deux passages :

« A Dieu ne plaise que, rendant à ces jeunes et inexpérimentés orateurs, témérité pour témérité, je cherche s'ils n'auraient point à se reprocher des intentions qu'il serait trop douloureux de leur supposer ! »

« On parle de courage contre l'autorité, à présent que nous vivons sous le gouvernement le plus tolérant qui fût jamais. Ces jeunes imaginations veulent sans doute avoir leur part dans l'honneur de développer de la bravoure sans péril, et d'attaquer des institutions protectrices. Aveugles esprits, qui ne voyent pas qu'ils confondent les hommes et les temps, et qu'il y a de l'audace seulement, et point de magnanimité, à braver une puissance dont on connaît toute l'aversion pour les moyens qu'emploie la tyrannie. »